原來
如此

若智

著

自序

　　這本書是我移民來到加拿大之後出版的第三本書，前兩本一是2010年出版的《歲月遺踪》，另一本是2018年出版的 THE UNCEASING STORM: Memories of the Chinese Cultural Revolution. 而這本《原來如此》則收錄了我近年來陸續寫成的一些文稿，包括二十篇散文和兩篇中篇小說。

　　我原是香港一間左派學校的學生，1955年到北京升大學，就讀於中央戲劇學院。三十二年後重返香港，1997年移民溫哥華。因此我所寫的內容，涉及上海、北京、北大荒、香港、臺灣、溫哥華等地。

　　有人問我這本書的書名為何要用「原來如此」，究竟要向讀者說明些什麼呢？其實這「原來如此」，是我在寫作這些文稿的過程中，內心深處時不時會冒出來的四個字，每當此時那種無奈、唏噓、不勝感慨的感覺便湧上心頭。為什麼許多事情的真相，要經過幾十年才了解？為什麼一些人的真面目，要若干年後才能看清？沉靜下來，怎麼能不深深嘆息？但願讀者比當年的我聰敏，對客觀事物有更清晰、更準確的看法和判斷，在人生的道路上，不至於誤導自己。

　　這本書稿得以完成，還要感謝一位跟我一樣，畢業於一間左派學校的孟釧女士，相似的經歷，使她能夠給我不少很好的意見和建議，並熱誠鼓勵我堅持寫下去。

2019.1

目　次

中篇小說

散文

壓歲錢

農曆新年將至，不禁想起小時候過年的情景，最開心的有兩件事，一是拜祖先，一是拿壓歲錢。除夕晚上家裡總要擺一桌美食佳餚祭拜祖先，由大人帶頭，一一跪拜叩頭向祖先致敬，最後年輕的舅舅，將一杯酒在堂前灑一個心字，代表全家人祝福的心意。行完祭拜之禮，必然飽餐一頓，所有的美食當然都落入我們這班「小鬼頭」（外婆對我們兄弟姐妹的暱稱）的肚子裡了。

壓歲錢是過年時長輩給孩子的紅包，除了自己家的長輩給之外，來拜年的親戚朋友也會給我們壓歲錢，加起來還真不少呢。媽媽說要懂得積蓄，不能一下子把錢都花光了，而且錢是會貶值的，所以媽媽幫我們把積蓄的壓歲錢買了些首飾保值。

1949年後新中國崇尚的是無神論，什麼神啊、鬼啊，都不信了，不知道老百姓過年時還有沒有再祭拜祖先。那時我們一家人已經由上海去了香港，那裡是英國的殖民地，父母親信了基督教，拜祖先這件事就沒有再做過，可是壓歲錢我們還是照拿，經過幾年的積蓄，我們這班孩子每人還真有幾件首飾呢。

1950年爆發了韓戰，爸爸那時已經被中共的統戰政策擊中，完全相信他們的宣傳，他告訴我，這是美帝國主義侵略北朝鮮，我當然信以為真。不久聽說上海有個小學時的同學參加了志願軍，為了保家衛國奔赴前線，我覺得她真了不起。有一天我在報紙上又看到一條消息，報導著名豫劇演員常香玉拿出自己的私房錢，捐給國家買飛機大砲，我很感動，覺得自己也

應該做點什麼支持祖國抗擊美帝侵略。忽然想起我還有幾件首飾，於是便義無反顧地把這幾件首飾拿到有關機構，統統捐獻給了抗美援朝，他們給了我一張收據，我拿著這張薄薄的紙條很自豪，還當寶貝似的收藏了起來。

　　過了若干年之後我才知道，原來那時第二次世界大戰才結束不久，各國軍民都疲憊不堪，正需要好好休整，重建自己的國家。就在此時北朝鮮的獨裁者金日成，也就是如今不斷製造麻煩的金三胖的爺爺，卻以斯大林為後臺，以毛澤東為幫兇，發動了一場不義之戰，妄圖一舉吞併韓國，引發聯合國十六個國家出兵支持韓國抵抗，各國人民又再一次被拖入戰爭的漩渦，為此犧牲了幾百萬人的生命。

　　最無辜的是那一腔熱血的中國志願軍戰士，懷著保家衛國的雄心壯志，唱著「雄赳赳、氣昂昂，跨過鴨綠江」的戰歌，奔赴朝鮮戰場，結果死的死、傷的傷，為獨裁者的野心，付出了沉重的代價。那些被俘虜的士兵更加悲慘，在巨濟島戰俘營蹲了兩年監牢，好不容易盼到1953年板門店停戰談判，雙方商定了處理戰俘的方案，才有機會被遣返。當他們剛剛踏入高懸著橫標「祖國懷抱」的國門，接受了歡迎的鮮花和熱情的擁抱，一個個感激涕零，淚如泉湧，興奮地登上了大卡車，準備回歸故里，那裡有殷切盼望著他們歸來的親人。可是，萬萬想不到的是卡車竟直奔遼寧省北部的昌圖縣金家鎮，全體戰俘被送進了集中營隔離審查。經過一年多的反覆逼問，互相揭發，受盡難以忍受的煎熬，最終經毛澤東親自圈定，絕大多數人被定為變節分子，革除軍籍，開除黨籍、團籍，於是必然成為此後歷次政治運動的打擊目標，一生的坎坷不難想像。唉！我那個非常愛國的同學也不知是死是活，就算還活著，她這輩子究

竟是怎樣度過的呢？想到這裡心中不免悲戚。

八十年代見到定居英國的三姐，講起當年我捐獻首飾的事，她說：「你那時還小，爸爸常年有病，坐吃山空，你不知道家裡的經濟狀況已經相當拮据，你那些金首飾還不如捐給媽媽補貼家用呢。」

我說：「那你怎麼不跟我講啊？」

她笑著說：「嗨，瞧你那時候愛國情緒那麼高漲，我勸阻得了你嗎？」

八年抗戰之後中國人多數都很愛國，所以當中共當局以保家衛國的旗號召喚青年時，許多人熱烈響應。那時在大陸上大學的二姐和哥哥也都報了名，但由於他們有海外關係，又是資產階級出身，沒有被批准，真是因禍得福。

愛國並沒有錯，可是你首先應該想想，你愛什麼樣的國家？你究竟愛他什麼？他做錯事情，你也愛他嗎？也跟著去幹嗎？那不成了助紂為虐了嗎？當初自己怎麼會那麼傻？一點一點積蓄起來的壓歲錢，全泡了湯不說，竟還做了一件十分愚蠢、錯誤的事情，如果我是個虔誠的天主教徒，一定會向天主懺悔，否則不也應該為自己的幼稚無知向列祖列宗認個錯嗎？

瞎積極

　　1978年我調到人民音樂出版社辭典編輯室工作，認識了老陳，他是一位樂於助人的老編輯，對我這樣的新手，很熱情、耐心，各方面都給了我很多的幫助。他很有學問，工作也十分認真，我對他印象非常好，可是不久就聽說他是個摘帽右派[1]。我覺得奇怪，他這麼好的人，脾氣又好，怎麼會當上右派分子[2]的呢？

　　1978年之後，大多數右派分子得到了平反，有一次我忍不住問老陳：「老陳，你是怎麼搞的？整風的時候你都說了些什麼呀？是不是給領導提了很尖銳的意見？」

　　他無可奈何地苦笑著說：「沒有，我只是自己多事，提前傳達了毛主席的講話，這就出了問題。」

　　「那有什麼問題啊？」

　　「嗨！瞎積極唄，1957年我是音樂家協會的團支部書記，有份去聽毛主席講話的傳達。聽完以後我太興奮了，回去就召集我們支部的團員開會，向他們傳達這個講話，想跟大家一起分享。誰知道後來這份講話整理成文章，在人民日報上發表了，那就是《正確處理人民內部矛盾》，許多原來他講得非常

---

[1] 六十年代中共為一批右派份子摘掉帽子，但他們仍然被稱為摘帽右派，即帽子拿在人民手中，如果不老老實實夾著尾巴做人，帽子隨時可以再給戴上。

[2] 1957年共產黨開展整風運動，要求黨外人士對黨和黨的幹部提意見，以利改進黨的作風和工作，並鼓勵大家大鳴大放。但六月毛澤東親自寫了一篇社論，題為「這是為什麼？」隨即整風轉為反右，絕大多數提了意見的人被打成右派份子遭到批鬥，最終被定為敵我矛盾。

開放的話都刪除了，這不，我就有問題了。」

「啊呀！那你怎麼會有問題，你是出於好意麼。」

「人家揭發我歪曲偉大領袖的講話，造謠惑眾、煽風點火，不就成了攻擊黨了嗎？」

我聽了直嘆氣：「那給你帶上右派帽子，你能想得通嗎？」

「想不通也得想通啊，秋收時讓我去勞動反省，晚上我一個人在場院看麥子，左思右想怎麼寫檢查呢？只好說自己動機雖然不壞，可是效果是不好的，在群眾中造成思想混亂，給黨帶來了不利和麻煩。」

唉！他這個右派份子當得實在冤枉，老毛興之所至，信口開河地說了些他根本不準備兌現的諾言，他卻信以為真，結果人家來了個翻手為雲、覆手為雨，倒打一耙，就把他給打趴下了。後來聽老曹說，其實那時的老陳還很年輕，是個熱血青年，挺要求進步的，否則怎麼能當上團支部書記呢？韓戰時他們在歌劇院工作，曾一起去朝鮮慰問志願軍。一天早上老陳跟他，還有一位姓金的青年，在朝鮮的一個山崗上，面向北方激動地高呼：「生活在毛主席領導下的新中國真幸福啊！」可是沒幾年，他們三人中，卻有兩人被打成了右派，那個姓金的也不幸落網。

在一起編寫《外國音樂表情用語詞典》的過程中，我對老陳有了更多的了解，原來他出身名門望族。母親是國民黨元老張靜江的女兒。這位張三小姐出生在法國，後來又在美國受的教育，大名鼎鼎的宋氏三姐妹是她的閨中好友。二十來歲時她才回國，中文講不好，她的母語是英語，所以在家裡跟兒子常講英語，怪不得老陳的英文那麼好。

他們家就住在我家的樓上，我常在附近的街上遇見陳奶奶，她雖然已是八十來歲的人了，表情卻像一個天真無邪的少女，連老陳都說他媽媽像個老小孩。她的臉蛋圓圓的，潤滑的皮膚白白淨淨，小巧的鼻子配著一雙美麗的大眼睛，薄薄微紅的嘴唇，總帶著幾分羞澀，可以想見年輕時的她，一定很可愛，可能有點像白雪公主。她一見到我總要聊上幾句，她那略帶蘇州口音，柔軟的腔調，聽起來十分親切，在剛剛經過文革「洗禮」的社會裡，到處充塞著粗言穢語，聽到她溫柔斯文的言語，簡直是天籟之音，跟她談話，就好像欣賞著一首典雅的古典樂曲。我很喜歡聽她講話，特別是她每次講到中間，中國話就講不下去了，只好轉了個頻道，講起英語來。那時我正好在複習英文，她給了我一個練習聽力的好機會。

老陳也像他媽媽那樣有幾分天真，是一個真正的書生。有一次聊天我好奇地問他：「1948年你媽媽怎麼沒有帶你去香港呢？以你媽媽的家庭背景，在那時很有可能走的麼。」

「是啊，北京解放前夕，我外公是讓人給我們送來了機票，讓我們去美國，那時雖然局勢已經很緊張了，但真要走的話，還可以在東單機場起飛。可是媽媽跟我商量，她說她的婚姻當初外公是不贊成的，現在離了婚再去投靠娘家，挺沒勁，還不如留在國內，靠自己工作養活自己呢。我想也對，再說我在清華大學讀書，已經快畢業了，不久就能工作賺錢，人家可以在這裡生活，我們為什麼不能呢？而且，去給美國人打工，還不如給自己國家做事呢。就這樣，我們沒有走，留了下來。」

這麼一商量，這對出身豪門，天真的母子，對未來毫無疑慮，本著一顆愛國心留了下來，這一留，老陳就當了二十多年

的右派分子，婚姻也因此破裂。我不知道他對當初的決定，有沒有後悔過。不過，前些日子我們還通了一次電話，聽他講退休後一直在幫一個香港的朋友，搞扶貧助學的工作，幫助了不少貧苦的青少年，看來他過得還挺充實的。不管怎麼樣，無論什麼時候，老陳始終都是一個大好人，這麼個好人，大半生卻被當作了壞人，以小孩子的簡單邏輯，也不難明白究竟誰才是真正的壞人。

影子

2010年八月我的中文散文集《歲月遺踪》在溫哥華出版了，幾天後世界日報的一位女記者來訪問我，交談甚歡，最後，她問我：「您是否可以談談您今後的寫作計劃？」我說：「還沒有什麼具體計劃，不過我一直想寫一部小說，正在醞釀中，我曾嘗試寫了一個引子。」

她挺有興趣地問：「《影子》？這聽起來很有意思啊。」

我更正說：「不，不是「影子」，是「引子」，Introduction，不是Shadow。」我這個南方人大概沒有把後鼻音發清楚，而她這位台灣人，恐怕也分不清前後鼻音的區別，所以才把前鼻音的「引」（yin），聽成了後鼻音的「影」（ying）。

不過她走後，不知為什麼由於她提到了「影子」，在我的腦海裡，突然浮現出一段幾乎已經忘懷了的往事。

1955年夏我從香港回大陸去考大學，考進了南昌一個所謂的學院，這個學院在當時是不入流的，條件很差。我那時弄不明白，為什麼我在中學成績很好，竟然會分配到這麼差的學校，而我們班上一些成績較差，甚至有的科目不及格的同學，卻被分配到華南或華中工學院等比較好的大學去，真是百思不得其解。現在回想起來，才估計到其中的原因，一是我出身資產階級（原來從那時起已開始被歧視），二是在廣州高考時，正好我爸爸病危，家裡發來電報，催我儘早回香港。那時考試還沒有結束，我心焦如焚，痛哭起來，不少同學都圍著我好言相勸，但有一個班上的地下團員，卻冷冷地看著我默不作聲，

好像挺不以為然的。她平時跟招生小組的人來往密切，想必把我這種跟資產階級家庭劃不清界限的表現，都匯報上去了，可能這也是影響我分配的一個原因。

九月到學校報到時，發現這個學校裡從香港回來的學生很少，所以聽到有人講廣東話，就會引起我的注意。除了生物系有一個女同學是香港回來的以外，中文系還有個瘦高個兒，戴著深度近視眼鏡的男同學也講廣東話，他也是從香港來的。我們幾個很自然就認識了。不過這個李同學挺怕羞的，不怎麼喜歡講話，所以我跟他並不熟。可是有一天中午飯後，他忽然來找我散步，我覺得很意外，走到校園一個比較僻靜的地方，他神情怪怪的，好像想跟我說點什麼，但又猶猶豫豫沒講出來，眼睛都不敢直視我，低著頭不停地搓著雙手。我當時還以為他想追求我呢，弄得我也緊張起來了，心想：這可怎麼辦？我該怎樣推脫他呢？停頓了好一會兒，忽然他鼓起了勇氣，在我耳邊小聲急促地說：「最近我發現一些情況，很奇怪……」

「什麼情況？」

「有人跟蹤我。」

「啊？！跟蹤你？跟蹤你幹什麼？那是誰啊？」

「不知道，我也看不清，像個影子…」

「那你為什麼不看清楚呢？」

「我，我不敢呀……現在不是在肅反[3]嗎……？」他忽然變得更加神秘了：「會不會有人懷疑我們從香港來的同學……？有沒有人跟蹤你呢？」

聽他這麼一說，我倒覺得有點荒唐，怎麼會呢？我們才入

[3] 指1955年7月至1957年底，在全國範圍內開展的肅清暗藏的反革命份子的運動，運動中存在擴大化的現象，製造了一批冤假錯案。

學不久，懷疑我們什麼呢？他這個人是不是有點神經過敏？
「沒有啊，你別胡思亂想，也許有人跟你開玩笑，你仔細看清楚沒有？」

「看不清楚，像個影子，我也不敢老回頭望……算了，也許是我想多了。」

他神經怎麼會這麼緊張？可能因為一到吃飯的時候，飯堂裡的大喇叭總是不停地廣播關於肅反的消息，常提到有台灣派來的特務，經香港偷偷混進了大陸。我聽了也不大自在，但我想，這跟我有什麼關係？也就不往心裡去了。而他可能聽多了這類報導，變得疑神疑鬼的。

過了一段時間，在校園裡我又碰見了他，他悄悄地向我招招手，自己卻頭也不回地朝小叢林那邊走去，意思叫我跟著他走進叢林。我沒有往前走，叫住了他：「幹什麼？」這時他回頭看看周圍，見沒有人，才走過來小聲地對我講：「真的有人老跟著我，怎麼辦？我的箱子好像也被人打開過……」見他神色慌張，渾身有點顫抖，整個人都憔悴了，過度近視的眼珠鼓著，直瞪瞪地望著前面，樣子挺嚇人的。

我想，他是不是過分緊張，產生了幻覺？只好安慰他：「你別老瞎猜呀，還是應該跟學校領導匯報，也許他們會調查清楚，而且如果真有人打開你的箱子，會不會是想偷你的東西呢？」

「不、不，不像，我什麼東西也沒丟，……那、那，我再想想吧……」說完一溜煙地走了。見他古古怪怪的，我也不知道該怎麼辦。

後來功課忙了，我沒有工夫再去想他說的那些話。過了相當長的一段時間，忽然有一天聽同學說，中文系有個男同學在

學校附近的鐵道上，被火車撞死了，誰想到這個男同學竟是他。頓時，我覺得毛骨悚然，心裡很不好受，但也不敢流露，更不敢多問。

他怎麼會讓火車撞死的呢？究竟是死於意外，還是自殺身亡？誰都不知道，學校也沒有講明情況。當時我想，他是不是總被他所說的「影子」困擾著，精神出了毛病，火車開過來都沒有聽見？可是他為什麼要跑到鐵道上去呢？當然，我也不敢跟任何人討論這個問題，更不敢提起他跟我講過的話。

幾十年後，想起這件事，還是覺得古怪，如果他是意外被火車撞死，那麼學校應該提醒同學們，經過鐵道時要小心，這麼大的事，為什麼學校隻字不提，好像什麼都沒有發生過似的？看來絕對不是意外那麼簡單。那麼他到底有什麼問題呢？他究竟是出了意外，還是自殺呢？這始終是個謎。

不久前，遇見一位移民美國已經十幾年的親戚，我說起大學時發生的這件事，「我的那個同學，可能因為剛從香港回大陸，對於國內政治運動的那種恐怖氣氛很不適應，肅反時神經錯亂了，說有人跟蹤他，還說有人翻過他的箱子。」

我的親戚卻說：「不，他不一定是神經錯亂，完全可能有人翻過他的箱子，當年我就翻過人家的箱子。」

「什麼？！你翻過人家的箱子？」

「可不是？那時我在一所軍事院校工作，全國開展肅反運動，學校就搞了一個謂之『保密大檢查』的相應運動，也就是要通過查反動思想找出洩密分子。我們單位有幾個同事被認為表現落後，政治學習不積極，對自己家庭出身認識不清，領導懷疑他們對黨有所不滿，於是就讓我和另一個同事在上班時間，回宿舍（當時是集體宿舍）去打開一個被懷疑對象的箱

子，翻閱查找有無『反動』的東西。結果查到一本日記，快速翻閱一下，沒有見到任何政治性的問題。」

「真的？！隨便打開人家的箱子？還看人家的日記，太可怕了！這不是侵犯人家的私隱嗎？」

「你忘了？在那個年代，個人有什麼私隱可言？我們那時年輕，黨叫幹啥就幹啥，根本不懂。只要以革命的名義，幹什麼都認為是合理的。其實我們查人家，別人也一樣可以以同樣的名義查我們。」他的話的確沒錯，那時每個人可能都處在別人的監視下，只是自己不知道而已，處處都存在著無形的影子。現在回想起來，當我因父親病危而痛哭時，那個冷眼看著我的同學，不也像一個影子，在悄悄地盯著我嗎？

更荒唐的是，1958年我在北京的一個歌劇團工作，團裡有三、四個上海人，有時我們會在一起講上海話，誰料到文革審查我的時候，專案組忽然問我：「以前你們是不是有一個上海小集團？總是在一起嘀嘀咕咕講上海話，你們在一起說了些什麼怪話？你們究竟想幹什麼？」

聽了他的質問，我簡直啼笑皆非，這不是五、六年前的事嗎？那時我們那個歌劇團還沒有跟空軍政治部文工團合併，怎麼過了這麼些年，竟還有人打小報告，以致於在文革中，專案組重提這些莫名其妙的舊事？可見真有人像影子一樣，時刻窺視著他人。有的是黨團組織安排的，就像我那個親戚那樣；有的是自發的，這些人總是想抓到人家的小辮子，向上級匯報，表現自己積極，爭取黨的信任，指望因此能入黨或被提升，這叫做踩著別人的脖子往上爬。歷年來的政治運動，就這樣把人性醜惡的一面，充分地挖掘了出來，從而培養出那麼一批小人，像一個影子部隊，無處不在。無怪乎老百姓私底下，常把

里弄和胡同裡的居民委員會中一些老太太，稱作「小腳偵緝隊」。

日前我那位親戚曾去北京探望他的姐姐，自己人見面免不了會談及對一些事物的看法，正當他說到他認為中共無意進行真正的政治改革時，他姐姐突然向他擺擺手，並用眼睛斜視正在清潔客廳的鐘點工，示意有外人在場。待鐘點工進了廚房，她輕輕地說：「在這裡你講話得小心點！」並用手指指廚房。

看來在中國生活了幾十年的人，多數都得了政治恐懼症，她大概覺得那個鐘點工，隨時有可能變成影子部隊的成員，誰知道她會不會跑哪兒去告密？這也難怪，幾十年來嚴酷的政治運動連續不斷，六四屠城的恐怖陰影無法擺脫，大多數中年以上的普通人民，政治恐懼症已成頑疾，恐怕很難痊癒。他們心底裡很明白，不管表面上今天的中國與毛時代的中國，有多大的不同，在一黨專政的統治下，其實沒有本質的差別，最近大學裡，不是有學生悄悄地去向黨告密，揭發老師在課堂上講的話嗎？可見人們依然生活在類似的政治環境裡，不得不時刻保持警惕，提防著周圍神祕出沒的「影子」，甚至連自己都意識不到，好像時時有一個影子隱藏在內心深處，導致人們會習慣性地對自己的言行作自我審查，這是何等可怕可悲？！

飛蛾撲火

　　1957年毛澤東的引蛇出洞、釣魚上鉤的「陽謀」，取得成功，在全國範圍內，收拾了五十五萬所謂的右派分子，這一招令所有的不同聲音都銷聲匿跡了。但他意猶未盡，在1958年又推出一個交心運動，號召人們把心底的想法坦率地講出來，向黨交心。為了使大家打消顧慮，聲言黨將會執行三不政策，即不打棍子、不戴帽子、不入檔案。提出問題只是為了探討，以改進思想和工作。於是一些僥倖躲過反右鬥爭打擊的知識分子，又像飛蛾撲火一般，紛紛自投羅網，一個個忍不住在會上會下，談出自己對事物的一些看法。誰知道這只是反右運動的延續，為‘偉大領袖’的釣魚妙計補上一網，以免有漏網之魚。我哥哥就是在交心運動中，誠懇地說出自己的意見，在1958年秋被補戴了一頂右派帽子，一戴就是二十多年。

　　而我也在交心運動中，提出了一些我想不通的問題來探討，當時黨小組長還表揚我能暴露真實思想，是要求進步的表現，於是我也沒有揹什麼包袱，更加相信這個黨了。誰想到文革清理階級隊伍時，對我進行了隔離審查。一天，專案組竟批判我在五十年代就對黨的新聞政策不滿。十多年前的這件事我自己都差不多忘了，他們怎麼會知道的？這我才明白原來交心運動的三不政策是騙人的，黨早就把我的話記錄在案，裝進了我的檔案，隨時可以拿出來算賬，於是懷疑和攻擊黨的新聞政策，就成了我的一條罪狀。如今每當我看到飛蛾自在地飛啊、飛啊，撲向燈火的時候，不禁想警告這些可憐的小昆蟲，不要

犯傻，不要以為那閃亮的燈火是代表光明和溫暖，錯了，那是誘人的陷阱！無情的火焰，可能焚毀你所有的心願、夢想和前程，甚至生命。

殘忍大講堂

　　你們有沒有聽說過各式各樣的大講堂？最近幾年中國大陸不是很流行這種大講堂的嗎？什麼世紀大講堂、文史大講堂、文學大講堂、置業理財大講堂、求是大講堂等等。參加這些大講堂的人們，無疑是想學到某方面的專業知識，看來這似乎是一種很文明的活動，那麼你們可知道六十年代曾有過一種很特殊的大講堂？許多人聽了這樣的「講課」，即能活學活用。

　　自1955年由香港回大陸升學，在那裡生活了三十多年，我經歷了肅反、反右、大躍進、反右傾、四清、一打三反、文革等一系列政治運動，真是大開眼界。

　　1964年，我所在的歌劇團，奉命跟空政文工團合併，不到兩年文革就開始了，空軍被認為是緊跟黨中央的，當時有一種說法，「全國學解放軍，解放軍學空軍。」空軍上上下下當然以此為榮。1966年後批鬥大黑幫的大會，常在空軍大院召開，就算在其他單位召開，團裡的革委會也會要求大家積極參加，不參加，那不是違反了最高指示「要關心國家大事」嗎？又有誰敢不去呢？每次批鬥大會無疑是一場「殘忍大講堂」。

　　印象最深刻的是批鬥國家主席劉少奇夫人王光美。那天參加大會的各單位群眾陸續到場，大家都在大廣場席地而坐，大喇叭不斷播放著毛澤東語錄歌，接著各領隊帶領大家高唱革命歌曲，朗讀毛澤東語錄，似乎人人激情昂揚，聲勢之大可以想見。當大會主持人宣布批鬥大會即將開始時，三十萬人高呼口號，震耳欲聾的聲浪此起彼伏，我只感到頭脹胸悶，煩躁

難忍，很想用手指塞住耳朵，可是那怎麼行？在陣陣的吼叫聲中，王光美被拉上臺來了，奇怪的是她穿著一件天藍色的旗袍，白色的半高跟鞋，頭戴一頂西洋式大草帽，脖子上竟掛著一串乒乓球，據說這是她跟劉少奇出訪印尼時的打扮，不過當時她戴的是珍珠項鏈。

四月的北京，乍暖還寒，冷風中她穿著這樣單薄的絲綢旗袍，真夠她受的。她被造反派推到臺中間，兩隻手臂被揪向後面，在當時這叫做噴氣式。聽著周圍的噓聲、嘲笑聲，我臉上的肌肉僵了，實在笑不出來，我不懂為什麼要這樣作踐人、侮辱人。這時打倒走資派王光美的口號聲響徹廣場，大家都得跟著喊叫，我不敢看別人的表情，也深怕人家看我，每次振臂高呼，唯有擡頭望天。接著開始了馬拉松式的批判，發言人一個接一個憤慨怒斥，中間不時插入口號聲：「敵人不投降就叫他滅亡！」王光美被按倒趴下幾次，終於跪倒在地上。雖然他們把這個女人扮成了女巫，但我並不覺得他們自己比她更具有人味。我根本聽不清楚批判者的發言，也無心去聽，只知道她是國家主席劉少奇的夫人，而劉已經被說成是叛徒、內奸、中國最大的走資派、中國的赫魯曉夫。我跟他們非親非故，可以說完全不了解他們，但這種殘忍的場景，刺激神經，針錐心靈，出娘胎以來我都沒經歷過，實在受不了，只盼望大會快點結束。

然而，這只是開始，我們還參加了批鬥彭、羅、陸、楊的大會（這四人分別為北京市長彭真、總參謀部長羅瑞卿、宣傳部長陸定一、中央辦公廳主任楊尚昆）。看到紅衛兵用籮筐把自殺未遂，摔斷了腿的羅瑞卿大將，擡上臺來接受批鬥時，我偷偷閉上了眼睛。接著是批鬥武漢軍區司令員陳再道的大會，他，一個五、六十歲的人，站在臺上嚇得雙手顫抖，兩條腿不停地哆嗦。

　　然後是批鬥彭德懷元帥的大會，他被剃了光頭，穿著一身黑衣服，像一個死囚被押上臺來，每次紅衛兵揪住他作噴氣式時，他都倔強地擡起頭來，又不斷地被按下去，真是慘不忍睹！

　　此風一開，各系統、各部門、各單位都紛紛仿效，批鬥大大小小的走資派。一天，在某禮堂批鬥空軍政治部的王主任。因為文工團歸政治部領導，所以平時我們常能見到他，他曾被稱為空軍才子，以前總是軍裝筆挺，文質彬彬，在批鬥大會上，只見他被造反派用漿糊、墨汁，劈頭蓋腦淋得面目全非，還把他從臺的左邊拉到臺的右邊，繞場一圈示眾，然後被踢倒跪下。開完這個批鬥會，我覺得要嘔吐，走到禮堂外透口氣，卻見長安大街上，一幫造反派站在一輛大卡車上，正押著王震將軍遊鬥，那老頭兒兩臂朝後，也被弄成噴氣式，嘴裡還塞著一把稻草，押著他的人不斷地高呼口號，頓時，我忍不住把早上吃的東西全都吐了出來。

　　有一天，一群空軍院校的造反派衝進了我們團的大院，迅速地召開了一個批鬥大會。他們不由分說地把我們總團、分團的團長、政委統統押上了臺，在臺前跪了一排。有人還陰狠地用力踩他們的腳掌，年紀大的總團政委幾乎昏了過去。我真沒想到，人一旦被煽動起來，會變得如此瘋狂，人對人竟然可以那樣冷酷無情，殘暴凶狠。

　　現在回想起來，在那漫長的十年裡，絕大多數的中國人在全國各地，都參加過類似的批鬥大會；在大街小巷，不時可以見到四類分子被紅衛兵用皮帶抽打得頭破血流，更不要說兩派武鬥時出現的可怕場面了。不少人開始肯定都受不了這種赤色恐怖，但久而久之，在不知不覺中，人們一點一點地變了，見怪不怪加上暴力引起的恐懼感，使人心變硬了，骨頭變軟了，

一腔熱血逐漸冷卻了，從此以後，人的同理心、同情心幾乎統統消失，許多人變得麻木不仁。

五十年代初，我剛到北京的時候，連胡同裡的老大爺、老大媽，都是一口一個「您」，一口一個「勞駕」，講話斯文有禮，當時我想，真不愧是京都的老百姓，沒有想到僅僅短短的十來年之後，北京城會變成這個樣子。當時流行一個順口溜：「東風吹、戰鼓擂，革命群眾誰怕誰？！」不少人都是滿嘴髒話，粗魯好鬥，這惡果一直延伸到今天，無怪乎現在中國大陸相當多的人不管走到哪裡，都給世人一種異樣的感覺。也許人們感到很奇怪，這些人是來自有五千年文明的禮儀之邦嗎？人們怎麼知道他們中的絕大多數人，或者他們的上一代，都曾被迫受過「殘忍大講堂」的「培訓」，都有過這種別人無法理解的「特殊學歷」。

一個文明古國，如今竟然出現了文明危機、道德危機，確是不可思議，不能不說中共確實很有本事，三下兩下就能徹底改變了整個社會的面貌，效率之高令人驚愕。然而一切有良知，真正愛國的人們，對此怎麼能不痛心疾首？著名作家巴金在文革結束後，曾一再要求建立一個文革博物館，好讓國人永遠記住這民族的恥辱、全國性的災難，今後不再犯同樣的錯誤。然而，中共領導有誰理會過他的要求？事隔五十年，許多中青年人，根本不知道文革和六四是怎麼回事，從上到下從未真正總結過歷史的教訓，相反，到如今國家的主要領導竟公然宣稱：「文革是一種艱辛的探索。」好傢伙！以千百萬人的死亡、以無數家庭的毀滅，和整個國家經濟的崩潰為代價的這種「探索」，可真是史無前例，絕無僅有，那麼，這類可怕的「探索」是不是還將一次又一次地繼續進行下去？！

日記

　　文革初期有一件事真是觸目驚心，霎時間令我終日忐忑不安、憂心忡忡。空政文工團話劇團有個姓李的青年演員，為了響應黨和毛主席的號召，決心全心全意地投入這場所謂的「觸及人們靈魂的大革命」，徹底地與舊我告別。於是他主動把日記交給了黨，赤誠地向黨交心，想爭取黨的幫助。沒想到黨卻沒有為他保守祕密，反而把他的日記公開了。其實他的日記也就是記了一些平時想不明白的問題，發了一點牢騷而已。但，這就掀起了軒然大波，說他在日記中發洩對黨的不滿，暴露了許多腐朽的資產階級思想。於是發動全團群眾，到話劇團去看揭發他日記的大字報，參與對他的批判。這一幕給我留下了深刻的印象，聯想到我也一直愛記日記，有朝一日把我的日記也公開，那不也要遭殃？想到這點，真是膽戰心驚。

　　到1968年文革進入清理階級隊伍的時候，我預感到他們即將拿我開刀，想起話劇團那個演員的遭遇，驚嚇下，週末我趕緊去了大姐家一趟，把我的幾本日記，和父親給我們姐妹兄弟寫的最後一封信，都拿去交給了大姐，讓她全部悄悄燒掉。尤其是父親的那封信，如果被抄出來，一定會說我保留他的「變天賬」，因為父親在信中為姐姐、哥哥對他的譴責，作出了自白和辯解。可是忽忙中，放在平時很少打開的大皮箱裡的另外兩本日記，我卻忘了拿出來一起送去，結果還是落入專案組的手中。

　　一個週末的下午，我趁人們都上街去了，趕緊把一個已經

分了手的男朋友給我的信件燒掉。誰知燒到一半的時候，忽然有幾個人衝進我的房間，其中一個女骨幹大聲喊叫：「快來看！她在燒文件哪！」接著拿起桌上的一杯水，倒進我燒信的鐵桶，把火澆滅，她還用手撥開紙灰企圖要找到點什麼。這時候又跑進幾個人來，其中一個是團長的政治助理，他嚴厲地斥責我：「你這是在幹什麼？你想毀滅罪證嗎？」

「我在燒我的私人信件，我跟他吹了，所以不想保留這些信件了。」

劉助理看了一看鐵桶，還抖動了兩下，見裡面的紙都已燒成灰燼，他冷笑說：「誰能證明你燒的只是你的情書？」這時那幫左派一擁而上，狐假虎威地吼道：「別裝模作樣了，快老實交代！」

我忍著氣問他們：「交代什麼？」

劉臉帶諷刺的笑容，尖刻地說：「交代你為什麼放棄優裕的生活回國啊？為什麼專門喜歡在軍隊裡找男朋友？你又為什麼要混進部隊？！」

聽了他無理的質問，我的肺都快氣炸了，「回國是因為愛國，男朋友是軍人，是以為他們比較可靠，參軍是奉上級之命……」我沒講完就被他們的狂叫打斷了。劉接著威嚇我：「哼，你這麼會狡辯，說明你很不簡單哪，可是你休想蒙混過關！」

聽他這麼說，那些蝦兵蟹將更加凶了，紛紛叫嚷著：「她不老實，抄她的東西！」

這時團政委走了進來，她並沒有制止他們，於是兩個小青年把我的抽屜、大皮箱都打開了，翻得個亂七八糟，終於找到了我那兩本忘了送走的日記。他們如獲至寶，交給了政委，政

委拿了我的日記，一言不發地走了出去。過了一會兒，她進來宣布：「從現在開始，你不可以出去了，好好交代問題。」就這樣我被隔離審查了八個月，完全失去了自由，每天除了勞動，就是寫材料交代，團裡成立了審查我的專案小組，不時地審問我。

可是，他們沒有想到從我的日記中，根本找不到他們所想要的「反動言論和思想」。由於我當時還很愚蠢，對共產黨的本質沒有認識，儘管思想上有時會有矛盾，還總是檢討自己，依然相信著這個黨。結果專案組翻來覆去就是審查我的家庭和海外關係，搞了八個月也弄不出什麼新名堂來，最後只好宣布我屬於人民內部矛盾，不過思想上存在大是大非的問題，所以得送往五七幹校[4]勞動改造。而那兩本日記則一直到三年半之後，我從五七幹校回來時，才還給我。

我從十三歲就開始寫日記，日記中記載了童年的趣事，少年時的好奇和青春時期的癡迷；寫下了日本鬼子侵佔上海時的印象，從上海往西安逃難時的艱苦經歷，途中目擊老百姓受苦的情景；還記述了抗戰勝利以後，對祖國強盛的期盼，青年時期熱烈追求理想的赤誠；回國上大學以後的種種思想矛盾，對許多現象的迷惑不解，以及感情上的層層折磨，腦子與心靈分了家難言的痛苦等等。而這一切，一把火幾乎都燒掉了，至今回想起來，仍感到可惜。不過如若那幾本送去大姐家的日記沒有燒掉，他們一定會以此大做文章，給我更大的打擊。

---

[4]　文化大革命時期，根據毛澤東在1966年5月7日所發的指示興辦的農場，集中黨政機關幹部、科研系統和文藝界的知識分子，對他們進行所謂的再教育，其實是變相勞改的場所。

　　對往事的記憶，本可以使自己回味曾有過的快樂和幸福；
可以反思曾做過的錯事，記取不應忘記的教訓；可以認識歷史
的進程，從而令自己的頭腦清醒點、聰明些。可是在沒有任何
私隱可言的專制國家裡，連寫日記都沒有自由，沒有安全感，
從此以後，我再也不記日記了。雖然以前的日記已成灰燼，但
對許多往事的記憶，卻是永遠也不可能焚毀的，不然我也寫不
出這本《原來如此》了。

狗爹、狗媽

　　文革進入清理階級隊伍的階段，我被隔離審查，進了牛棚[5]。而比我問題稍輕的人，則進了所謂的「毛澤東思想學習班」。像有特嫌的孟麗，被懷疑入過三青團[6]的李玲，殺關管[7]出身的小萬和鄭蓉，有歷史問題的老張，父親是牧師的小吳，反右時有中右言論的李涵等等，都在這樣的學習班裡。當然除了班長之外，還配備了一些文革骨幹來監管和教育他們。

　　這些人雖然沒有被隔離審查，但也得一一交代自己的問題，首先當然是家庭和社會關係。一天開會，班長宣布，大家必須老老實實地把自己的家庭情況講清楚，並談談自己的認識。這時凡是出身不好的人，心裡都在打鼓，有的緊皺眉頭，有的低著頭，個個垂頭喪氣，沒有一個人敢打頭陣，可能都在琢磨怎麼說呢？這時班長不耐煩了，他開始帶頭發言：「我出身於地主家庭，我那個狗爹是靠剝削農民起家的，每年秋收以後他都派人去逼租；我那個狗媽對待貧雇農也很刻薄、凶狠，他們……」就這樣，他立場堅定、旗幟鮮明、以身作則地對父母展開了無情的批判。

　　文革時把出身地主、富農、反革命、壞分子、右派分子，再加上資產階級家庭的人都叫做「狗崽仔」，不幸班長也是狗

---

[5]　文革早期各單位（機關、團體、學校、工廠、村鎮、街道）自行設立的拘禁該單位「牛鬼蛇神」的地方。

[6]　國民黨控制的青年團。

[7]　指家中有人被鎮壓、被關押，或被管制。

崽仔。以他精明的腦袋，自然明白人是生不出狗來的，這個邏輯他絕對不會搞錯，於是他毫不猶豫「狗爹、狗媽」地批判起自己的親生父母來了。班長這麼一帶頭，另外幾個骨幹即時心領神會，立刻緊跟，紛紛大義凜然、慷慨陳詞，也把自己的狗爹狗媽批判得體無完膚。其他的與會者怎麼辦呢？他們各有各的政治包袱，不說吧，過不了關，說吧，真是難以啟口。猶豫再三，只好硬著頭皮、昧著良心，鸚鵡學舌地批判起自己的「狗爹、狗媽」來了，於是整個會議室，此起彼落，滔滔不絕地一片「狗爹狗媽」之聲。

不過，聽說也有比較有頭腦的，只肯說反動家庭如何如何，避免直呼狗爹狗媽。想必是於心不忍，無論如何對生身父母，還想嘴上留點情。但是聰明絕頂的班長，能看不透這些人的「狡猾」嗎？會後匯報上去，在他們的檔案上，記上一筆「此人跟他的狗爹狗媽藕斷絲連，劃不清界限，須嚴加監控」也說不定。

若干年後，那時背著特嫌包袱的孟麗講起參加這個會議的情景，笑個不停，她說：「班長那麼一帶頭，所有出身剝削階級家庭的人，都跟著「我的狗爹、我的狗媽」地說了起來。我本來因為自己被懷疑有「特嫌」問題，還挺緊張的，可是瞧著那幫骨幹，平時神氣活現，總是教訓人家，這會兒，狗爹狗媽地罵自己的親生父母，狼狽的樣子實在好笑。不過他們一個個都那麼嚴肅，我怎麼敢笑？只好使勁兒憋住。而我的出身是貧農，到我發言時，反而可以堂堂正正地說我爸爸、我媽媽了，那時我倒真出了一口氣。」說著她又忍不住笑了起來。我聽了也覺得可笑，那簡直是一齣鬧劇！可是笑過之後，又覺得不是滋味，炎黃子孫自古以來都以重視孝道著稱，到那年頭，這些

人怎麼會變得如此不堪？究竟是誰造的孽啊？不過當你聽到滿街都在高唱：「天大地大不如黨的恩情大，爹親娘親不如毛主席親。」這個問題也就不難明白了。

「察見淵魚者不祥,智料隱匿者有殃」

今年香港銅鑼灣書店五子[8]被綁架、被失蹤的事件鬧得沸沸揚揚,至今沒有平息,倒令我想起文革時的一件事情。

文革進入清理階級隊伍的階段,我被隔離審查,一天專案組忽然問我,「你可知道關於一號專案的事?」

「什麼一號專案?」我奇怪地問。

專案組的老房詭異地盯著我:「你沒有聽說過嗎?富某某沒有告訴你嗎?」

「沒有啊,誰的專案?」

他忽然緊張地:「你別管誰的專案,總之你聽說過沒有?富某某不是跟你不錯的嗎?你要老老實實交代!」

我心想:咦?他那麼緊張幹什麼?我根本不知道,關我什麼事?我反而很坦然地回答他:「你想,富的出身那麼好,她愛人還是飛行員,而我有海外關係,又是資產階級出身,平日她跟我只是說說笑笑罷了,怎麼會真的把我當知己呢?」

他狐疑地望了我一眼,「你真的沒有聽說過?」我搖搖頭,他加重了語氣:「肯定沒有?!」他見我一臉茫然的表情,沉默了一會兒,只好說:「那麼,你要是聽說了什麼,一

---

[8] 香港銅鑼灣書店因出售政治禁書於2015年10月至12月期間,有經理、股東、店長等五人分別於香港境內外離奇失蹤,後證實此五人都曾身處中國大陸,受有關當局監控。這令香港人擔憂一國兩制、言論自由、出版自由及人身自由遭到破壞,此事件轟動國際。2019年6月,港府推出修訂逃犯引渡條例,從而引發了反送中運動。店長林榮基亦立即離港前往台灣,擬申請在台灣長期居留,以避免被引渡去大陸。

定要馬上匯報，這可是大是大非問題。」

這個大是大非問題對於我來說一直是個謎，我估計一定是涉及什麼重要人物，不過反正不關我事，也沒再往心裡去。沒想到過了三十年，這個謎底終於揭穿了。

1998年我已經移民加拿大，一天在架空列車中無意間碰到以前的同事老江。談話中，我問她可曉得當年的一號專案究竟是怎麼回事？不料她竟然知道，原來這不僅涉及重要人物，而且涉及的是頭號人物，那位不可一世的「偉大領袖」，怪不得專案組的老房如此緊張。原來這個所謂的專案，是跟我們團裡一位年輕貌美的舞蹈演員有關。

1964年我所在的歌劇團奉命跟空政文工團合併之後，很快我們就發現週末黃昏時分，常有一輛小汽車來接幾個年輕的女演員。她們個個出身都很好，而且大多有幾分姿色，有的只有十幾歲，聽領導說他們是去中南海執行政治任務。後來大家都心照不宣，什麼政治任務，不就是去陪中央首長跳舞麼。領導還解釋說：「中央首長日理萬機，很辛苦，也得輕鬆輕鬆麼，跳舞是很好的運動，有益首長身體健康。」講得倒蠻好聽，殊不知，那裡是供毛澤東這頭色狼搜尋獵物的場所，如今已不再是祕密，但當年卻是密不透風的機密。

想起那小小年紀的姑娘，因被色狼看中而不肯就範，於是一生命運坎坷曲折，真令人不勝感嘆。這神祕的一號專案，原來涉及的是毛的淫亂生活，那時他是「偉人」是「神」啊，這種醜事怎麼能張揚，所以誰知道這些，誰就倒霉了，幸虧我一概不知，真是萬幸。

近日看到毛澤東的前秘書李銳的一篇講話，提到楊開慧的遺書中用過八個字形容毛，說他是政治流氓，也是生活流氓。

當年楊開慧因他被捕之後，他雖幾次經過長沙附近，都沒有設法營救為他生了三個兒子的妻子，因為他早已經在井岡山與賀子珍同居了。不久楊開慧被槍決，時年僅29歲。這個無情無義的雙料流氓就是中共的祖師爺，中華人民共和國的開國元勳。現在中共上上下下效法他，包二奶、玩女人的官僚不計其數，就不足為奇了，由這幫人所領導的國家，又怎麼能不越來越流氓化呢？

　　如今香港銅鑼灣書店五子之所以倒霉，也有類似之處，特別是有的書涉及當今「聖上」的艷史，這是絕對不可以妄議的，那他們還不注定要遭殃？！其實封建王朝三宮六院很平常，後宮佳麗三千眾所周知，無須隱瞞，怪不得這些獨裁者都想當皇帝，當了皇帝就可以為所欲為了。可是他們又偏偏要扮聖人，於是誰觸及他們這類醜事，誰就成了被失蹤、被打擊的對象，正如列子說符中周彥曰：「察見淵魚者不祥，智料隱匿者有殃。」一點也不假。

心愛的書

　　今年入秋以來溫哥華的雨水特別多，還時常打風，黃昏時分，窗外風瀟瀟、雨紛紛，天色朦朦朧朧，因風凍效應，氣溫更低了。只見行人打著傘，頂著風，匆匆而行，想必是上班一族急於回家吧。

　　我捧著一杯玫瑰花旗參茶，坐在沙發上，喝一口，暖暖手，倍感舒適寫意。收音機正播放著拉赫曼尼諾夫的第二鋼琴協奏曲，這是我最喜愛的一首樂曲，在香港讀中學時，第一次欣賞它，聽得我如癡如醉。不過這首樂曲很難彈，那時已經學了八九年鋼琴的我，還是彈不下來這整首樂曲，可是我卻迷上了它。在快要回大陸上大學之前，趕緊到琴行去買了這本樂譜，心想日後堅持慢慢練，但願有一天能彈下來。此刻聽著優美的第二樂章，不禁有一種衝動，很想再試著彈一彈，可惜我已經沒有這本樂譜了，它早已在文革破四舊時，葬身火海。

　　還有一本柴科夫斯基的抒情歌曲集，也遭到同樣的命運，那裡面有一首歌我十分喜愛，最近還在youtube上聽到一位俄國男中音歌唱家唱的版本，他低沉渾厚的音色加上深情的演繹充滿魅力；著名美國歌星Frank Sinatra用流行歌曲的唱法演唱過這首歌曲，翻譯成英文，歌名是*None but the lonely heart*，一樣十分動聽感人。雖然這是一首男聲唱的歌曲，但我也很想學唱，遺憾的是這本心愛的歌譜也沒有了。

　　我還有一本珍藏的小說，法國作家羅曼羅蘭創作的《約翰・克里斯朵夫》，一共四冊，我用牛皮紙包得好好的，也

被燒毀了，我是多麼的心痛。讀高中的時候，用了爸爸給我的兩個月的零花錢，才買到了這套書。每天從九龍過海去香港上學時，總是坐在天星小輪上看這本書，那時填海還沒有那麼寬，航程大概要二十來分鐘。年輕的我，雖然對這部巨著，不可能完全理解，但主人翁的堅毅執著，還是深深的打動了我。不料回到大陸，卻聽說這本書有問題，因為它宣揚了個人奮鬥和個性解放，開始我不明白這有什麼錯，後來在大陸呆久了，才明白「個人」、「個性」，與中共提倡的「集體」、「階級性」是不相容的，故必遭排斥，到文革時，這本書更被認為是「毒草」。翻譯這本名著的著名翻譯家傅雷，不幸也跟這本著作一樣，在文革中慘遭批鬥、折磨，最終因不堪侮辱，與他的夫人雙雙自縊身亡。想起這部巨著，就不能不懷念這位博學正直的學者，沒有他精湛的翻譯，我不可能看懂這本法國經典名著。前幾年我托人在大陸幫我買這套書，不知為什麼買來的竟然只有兩冊，原來不是傅雷翻譯的，那怎麼會壓縮成這樣呢？奇怪！

　　想起失去的這些心愛的書，以及與此相關的種種，心頭湧上一股悲憤之情。1966年之後的十年間，多少好書被焚燬，多少知識界的精英被殘害，怎能不令人痛心？！不過我自己的命運，總算沒有像我那幾本心愛的書那麼慘，雖因海外關係、資產階級出身，受過衝擊，但最終還沒有被徹底毀滅。幾十年來歷盡艱辛，幾經周折，終於逃出樊籠，來到了加拿大，如今我能安坐在溫哥華的家中，欣賞著世界文明的瑰寶——美妙的古典音樂，懷念著我心愛的書，也算十分幸運了。

唱歌

　　自幼我就喜歡唱歌，後來又有機會學習聲樂，並且成為一名歌劇演員，人們一定會認為我十分幸運，因為並不是每一個人都有機會從事自己真正愛好的專業。可是沒想到在我從事這個專業的二十多年裡，唱歌竟給我帶來過許多苦惱，直到1998年移民來到溫哥華這個美麗的城市，雖然人已年過花甲，卻能真正開懷歌唱了。近年來唱歌已成為我生活中的一件樂事。

　　小時候常隨母親去教堂，祥和肅穆的讚美詩是我最早接觸到的音樂。三十年代日本鬼子侵佔了上海，我隨家人逃難到了西安，常常聽到的是慷慨激昂的抗日歌曲，那時唸中學的大姐回到家裡，就教我唱《黃河大合唱》裡的歌曲。我唱著「風在吼、馬在叫，黃河在咆哮」的時候，小小的心靈已充滿愛國激情。四十年代抗戰勝利後回到上海，收音機裡聽到的是周璇、姚莉、白光等歌星唱的流行歌曲，我也愛跟著哼幾句。五十年代到了香港，認識了一位世伯的女兒七姐姐，她曾受過聲樂訓練，聽到她唱花腔女高音的歌曲時，聲音像一串珠子似的，既動聽又神奇，引起了我對經典藝術歌曲的極大興趣，開始自己學唱中外藝術歌曲，從黃自到莫扎特和其他大音樂家的聲樂作品，嘗試過不少，在家裡一有空就自彈自唱，唱個不停，陶醉極了。1952年我考入了一間左派學校，經常和同學們去國泰電影院看蘇聯電影，學會了不少蘇聯歌曲，覺得也很好聽。

　　1956年到北京上大學，學的是戲劇表演，有一門聲樂課，開始接受正規的聲樂訓練。當我正式成為一名歌劇演員的時候，仍然繼續跟戲劇學院的劉蘭老師，中央樂團的著名男中音歌唱家魏啟賢老師進修聲樂，有時還向中央音樂學院的沈湘教授討教，一時間頗有收穫。不料1964年我所在的歌劇團奉命和空政文工團歌劇團合併，從此唱歌對於我變成了一件苦差事，你們一定覺得很奇怪，為什麼會這樣呢？

　　剛踏入這個歌劇團的宿舍，看到的是一種奇怪的景象，宿舍樓的每個房間裡雖然都擺著一臺鋼琴，但琴蓋上卻布滿了灰塵，原來這裡的歌劇演員從來不用鋼琴練聲，這些鋼琴不知有多久沒被人打開過了。平時他們請民樂隊的隊員用胡琴幫他們吊嗓子，大部分演員都沒有學過聲樂，他們是從舞蹈隊調過來的。據說因為這些舞蹈演員跳舞沒什麼發展前途，嗓子倒還可以，領導就讓他們改了行。這個團演的是所謂的民族歌劇，舞蹈演員會點身段，據說很有利，至於唱歌麼，領導覺得只要嗓子有點本錢就行了，用大本嗓[9]唱歌被認為能體現民族風格，而洋唱法則是要不得的，必須改造。於是我原來學的東西完全用不上了，一唱歌滿腦子都是土唱法、洋唱法，真嗓子、假嗓子，不停地「打架」。也許是我太笨了，或者是審美觀太頑固，怎麼也改不過來，簡直無所適從，不知怎麼唱好，因此唱歌不僅不感到愉快，反而成了一件非常苦惱的事。1966年那場革文化的大革命開始，這下子這些問題也無須解決了，因為除了八個樣板戲[10]和毛澤東語錄歌之外，沒有東西可以唱。而且天天搞運動、搞鬥爭，業務活動完全停了下來，什麼唱法都無

[9]　即像說話那樣的自然嗓音。
[10]　文化大革命前後，由江青領導改編的八個舞台劇。

關緊要了，就這樣整整十年沒有唱歌。

　　1976年四人幫倒了臺，作曲家們才敢寫出一些新的創作歌曲，於是我們又有一點歌可以唱了。文革後期，團裡總算每天給一個小時練習基本功，但是十年沒唱，真是不知道怎樣唱了，我只好悄悄地去找魏啟賢老師，希望他能幫助我，可是那時他已被打成「反動學術權威」，還沒有平反呢，他不敢正式給我上課，只能有時幫我聽聽。想找沈湘老師，就更找不到了，聽說他在文革期間被整得很慘，不僅被勞動懲罰，受盡侮辱，最令他痛心的是紅衛兵抄家時，把他多年珍藏的寶貴資料也洗劫一空。劉蘭老師本來就有先天性心臟病，文革期間被下放勞動，身體更加衰弱了，我也不敢去打擾她。找不到老師，只好自己琢磨著練。後來三姐從英國寄了一本聲樂理論書來，我真是如獲珍寶，雖然英文都快忘光了，可是靠一本詞典我也得玩命啃，因為我們已經太久沒接觸到外面的信息了。

　　1978年開始改革開放，意大利專家貝基被邀請到中國來講學，他在中央樂團和中央歌劇舞劇院給演員上課，作公開的示範教學，這我才第一次聽到真正的意大利美聲學派的聲樂教學。可惜那時的我已經改行當了音樂編輯，退出了聲樂舞臺，只能作為一個愛好者自己練練。儘管工作繁忙，丈夫有病，孩子還小，擔子很重，但還是擋不住我盡一切可能研究聲樂。與此同時，正好有人介紹了兩個喜歡唱歌的青年來學唱，我就有了教學的機會。八十年代初作為人民音樂出版社音樂辭典編輯室的主任，雖然工作十分繁重，可是依然忙裏偷閒琢磨唱歌和聲樂教學。用廣東話講可以說我是一個真正的歌唱「發燒

友[11]」。

　　1988年移居香港，以教鋼琴為生，同時還要靠教普通話貼補開銷，從早忙到晚，一天幹完工作之後，幾乎連說話的力氣都沒有了，儘管這樣，我還是沒有放棄練唱。直到1998年移民來到溫哥華，從此我沒有了任何精神壓力，再沒有人來挑剔我什麼洋唱法、土唱法了，唱歌只是為了自娛。幾乎每天都唱，細細地研究，經常跟興趣相同的朋友一起探討，而且還教了幾個學生；無論是自己唱，還是教學生唱，都有進步，確是其樂無窮。

　　前兩年有機會看到沈湘老師的遺作《沈湘聲樂教學藝術》，這本書不僅在學術上給了我很多啟發，他的為人也令我十分欽佩。幾十年他身處逆境，遭到極不公平的待遇，甚至連演唱的機會都被剝奪了，他卻依然孜孜不倦地研究聲樂，總不放棄，而且熱情認真誨人不倦，在生命的最後十幾年裡，他培養出不少學生在國際聲樂比賽中獲獎，為中國聲樂藝術做出了卓越的貢獻，作為一位世界樂壇的聲樂大師和評委，受到人們的尊敬。他的精神深深地感動了我，遺憾的是在他生前我沒有機會繼續向他請教，但他堅強的意志一直激勵著我，一個人就是要活到老學到老，永不滿足，永不氣餒。在這裡我還欣賞了許多世界著名歌唱家的CD和VCD，並有機會看到紐約大都會歌劇院的實況轉播，得以大飽耳福，大開眼界。

　　如今看到中國的一些中青年演員在國際聲樂舞臺上，唱出了世界一流水平，頻頻獲獎，真為他們高興和驕傲。他們

---

[11]　廣東話指對某種專業非常熱愛的的業餘愛好者。

是多麼幸福，再不必為什麼土唱法、洋唱法傷腦筋，也不用擔心被斥之為崇洋媚外。他們的成功不僅因為具備一副好嗓子，還由於他們有可能獲悉有關的知識和信息，擁有學習和表演的自由，這是我們當年難以獲得的，而這恰恰是成功不可或缺的條件。

現在我已進入古稀之年，如果能再活一次，來世還希望成為一名歌劇演員。我一定會想盡辦法到意大利去學習美聲唱法，因為這的確是世界上最科學、最美妙、最有表現力的聲樂學派。如果能有這麼好的學習機會，再加上我這種「發燒友」鍥而不捨的勁頭兒，我想我多半是會成功的，你們信不信？

為什麼

　　最近剛去過美國，探望女兒一家，小外孫AUSTON非常聰明、可愛，還不到四歲，已經很會講話了，特別喜歡提出各種問題，總是「Why？Why？」，不停地問，有時問得他媽媽都啞口無言了。這使我回想起小時候，我也總喜歡問「為什麼」，而且什麼都想打破砂鍋問到底，這大概是小孩子的天性，孩子們剛剛來到這個世界上，對一切都很好奇，總想弄個明白。

　　但自從十九歲那年回中國大陸上大學之後，我發現原來不是什麼都可以問一個「為什麼」的，問多了，很危險。比如：五十年代初，我爸爸很愛國，為新中國做了不少好事，為什麼仍然被姐姐們斥為歷史的罪人？

　　哥哥從小就那麼愛國，1950年回國後，不久就被打成右派分子，為什麼一個熱血青年倒成了人民的敵人？

　　來自延安的張老師，深受同學們尊敬，1957年在整風運動中，寫了一張大字報，對肅反運動中的擴大化現象提出了一點意見，為什麼也因此立即被打成右派分子？

　　我因為愛國，毅然從香港回大陸升學，成績不錯，為什麼卻中途被踢出了校門？

　　結婚本來完全是個人的私事，為什麼黨說不准，就結不成？

　　像我舅舅、阿姨這樣與世無爭的小市民，為什麼在文革中，竟會招來意想不到的打擊？

　　老黨員、老革命崔大哥、金山叔叔，革命了大半生，為什麼最終卻進了自己人的監獄，被整得死去活來？

　　像小劉、小邵、張鐵生這類造反派小人物，為什麼一會兒被捧上了天，一會兒被扔落地，命運如此富於戲劇性？

　　為什麼連國家主席劉少奇都會忽然變成了走資派、大叛徒、中國的赫魯曉夫，最終不得好死？

　　為什麼、為什麼⋯⋯，許許多多的「為什麼」，不得其解，也不敢問，於是只好把這些「為什麼」統統吞到肚子裡去，就這樣過了三十來年。可是腦子裡總會不斷冒出許多新的「為什麼」。文革之後，特別是胡耀邦被拉下了臺，我腦子裡的「為什麼」，就像滿載於瓶子裡的水，快要溢出來了。就在這個時候，我知道，說什麼我也得離開這個不許問「為什麼」的國家了。

　　1988年，總算回到了闊別三十二年的香港，遇見中學時的老同學，他們都是這三十多年陸續從大陸跑回香港的。其中不少人，見到我都會奇怪地問：「為什麼你到這個時候才出來？」我一時不知道怎麼回答，後來經常有人向我發出同樣的問題。到了加拿大，更有人問我，「你當年怎麼會去大陸的？人家都想出來，你卻跑了進去。」最近加入了加華作家協會，也有朋友問：「你1988年才回香港？為什麼這麼晚才離開？」聽了這些話我自己也覺得奇怪，是呀，我為什麼會去大陸呢？去了以後許多問題都想不通，自己又經歷了那麼多挫折，為什麼我沒有像其他同學那樣，於五、六十年代跑回香港，而是直到八十年代末，才決心走出來？什麼使我這樣遲疑？究竟是什麼迷惑了我？

　　雖然1988年離開了中國大陸回到香港，但心中仍不能不牽

掛生活過三十多年的地方，那裡有我的大姐、有我的哥哥、還有不少共過患難的好朋友，我依然盼望神州大地的面貌改觀，令他們過上人應該過的日子。儘管中共把比較開明的胡耀邦撤了職，我還是期待著局面會有所改善。當時我想，或許鄧小平、趙紫陽最終還是要把改革開放進行下去的。可是1989年六月天安門的火光，令我驚呆了，坦克碾碎了我所有的幻想，為什麼、為什麼？！這個黨、這個口口聲聲說為人民服務的政權，對自己的人民可以這樣殘忍？！

這三十多年裡，善良的人們對這個政權曾經寄予過多少信任和期望？對於他們周而復始的倒行逆施，給過多少諒解和寬恕？對於他們無數沒有兌現的諾言，一次又一次地耐心期待，可是太多的假話、空話，太多的詭辯、太多的背信棄義，令人徹底失望，厭惡之極。

然而，今天卻有人告訴我：這些都是過去的事，現在中國已經有了很大的進步，改革開放使經濟突飛猛進，目前中國已躍居為世界第二大經濟體系，不久的將來還會超越美國，成為世界超級強國，至于政治改革麼，不用急，經濟發展了，政治體制自然會有相應的變化，明天一定會更好。

說這些話的人，是幼稚無知還是老奸巨猾，我不知道，可能兩種人都有吧，不過，他們的解釋，絲毫不能消除我腦中一系列的「為什麼」。

這個政權已經存在六十一年了，毛澤東統治的前三十年，無疑是掛羊頭賣狗肉，什麼馬克思列寧主義、社會主義，全是鬼話，實質上依然是封建主義，帝王思想。那麼所謂的改革開放之後的三十年，是不是有了根本的改變呢？他們所標榜的中國特色社會主義，究竟是什麼貨色？國家是富了，人民怎麼樣

呢？是的，他們給上層的知識分子，工商界的精英一些好處，用金錢、利益封住他們的嘴巴，而底層的老百姓則依然生活困難，近年來社會上貧者愈貧，富者愈富，巨額財富集中在一小部分紅色權貴的手中。政治上，在他們六十年國慶的慶典上，又公然打出「毛澤東思想萬歲」的橫標，這預示著什麼？為什麼毛澤東這個惡貫滿盈的獨裁者，死了已經三十多年，他的畫像依然高掛在天安門城樓上？他的屍體還安然躺在金碧輝煌的殿堂裡？中國雖然有無數毛政權的受害者，包括中共黨內高層的成員，然而，為什麼在這塊土地上，就是推不動非毛化，就是不能徹底揭示歷史的真相，澄清幾十年的是非曲直，不能真正深刻地總結歷史的教訓？這樣的所謂改革，能把國家引上一條健康的道路嗎？現在，政治上的打壓變本加厲，經濟上貪污腐敗泛濫，拜金主義盛行，上樑不正下樑歪，導致社會道德大滑坡，追根溯源，根本原因究竟何在？！

我不禁要向那些對中國這樣的崛起大唱贊歌的人們討教，為什麼經濟發展就一定會帶來政治的進步？二次大戰前，納粹德國、軍國主義的日本經濟不也曾大大地發展過嗎？結果怎麼樣呢？力氣大的人不一定是好人，這麼簡單的道理，恐怕連我的小外孫都明白，而現在一些貌似有學問的人，卻在那裡旁徵博引地論述，中國的經濟騰飛何等了不起，普世價值已經過時，中國模式是二十一世紀的創新，一定會把中國引向光明的未來。但是我卻不能再想當然了，對於這樣的宏論，難道不應該多問幾個「為什麼」嗎？

當年如果我能像小時候那樣，敢於不斷地問為什麼，尋根究底，而不是在欺騙和高壓下，去為種種不合理而光怪陸離的現象找理由、作解釋，那麼可能我就不至於那麼愚昧，

長時間在無窮無盡的幻覺中，兜兜轉轉徘徊不前，總也走不出迷陣。看來，當一個人面對種種撲朔迷離的怪現象，思考時還是返璞歸真為好。如果能像天真無瑕的兒童那樣，不存任何私心、不顧慮重重，說不定頭腦會更清醒，眼睛會更明亮，這樣倒能夠比較容易接近真理，因為真理本來並不複雜。更何況在人類歷史中，一切有價值的探索研究，一切偉大的發明創造，不都是從問一個「為什麼」開始的嗎？不許問「為什麼」的地方，怎麼能有真正意義上的進步？為此，我要高呼：「為什麼」萬歲！

遺忘

　　人說「往事如煙」，章詒和女士卻寫了一本書，題為《往事並不如煙》，將「往事如煙」一語，反其意用之，這很有意思。書中記述了包括她父親章伯鈞先生在內的幾位「大右派」的故事，寫得平實真切，感人至深。她把1957年的整風，怎樣一下子變成了反右鬥爭的前因後果，反映得十分具體詳盡，這是一本好書。

　　1957年，人們對中共還沒有真正瞭解，以為在它的領導下，中國人民真的從此站了起來，成為國家的主人了。尤其是知識分子中的精英，更覺得建設好共和國，匹夫有責。一旦領袖發出號召，請大家幫助黨整風，他們個個都異常感動，覺得責無旁貸，紛紛奮起進言。誰知發出這個號召的，並非共和國的領導者，而是改朝換代後的新君王，他曾飽讀古書，精通封建統治者的駕馭術。在他的導演下，演出了一齣當代的《六月雪》[12]，冤死的竇娥何止一個？

　　五十多萬右派分子被埋入「雪坑」，扔進「冰窖」，有的死了，有的僵了。什麼「百花齊放、百家爭鳴」，只是曇花一現，霎時間人人噤若寒蟬，一片沉寂。這些摧毀了幾十萬人的「往事」，怎麼可能就此煙消雲散？章女士的這本書，讓我們瞭解了那段可怕的歷史，在中國當代史缺乏真實性和完整性的今天，尤為難得，好書必將流傳後世。

---

[12] 根據關漢卿的元曲《竇娥冤》改編的戲劇。劇中女主角被屈打成招，判了死刑，執刑那天，正是六月暑天，忽然天降大雪。

　　章女士在講到她寫這本書時，曾說過這樣一段話：「許多人受到傷害和驚嚇，毀掉了所有屬於私人的文字記錄，隨之也抹去了對往事的真切記憶。於是，歷史不但變得模糊不清，而且以驚人的速度被改寫……」

　　的確，尤其自六四以後，許多中國人在驚嚇下，試圖抹去那些可怕的記憶。特別是中共提倡所謂的「中國特色的社會主義」，號召大家向「前」看，其實是引導人們遠離政治，一味向「錢」看。於是全國掀起了一股「淘金熱」，紛紛追尋發財致富的捷徑，甚至不擇手段，買通各路貪官，令假貨充斥市場。一個又一個昧著良心找快錢的醜聞層出不窮，在全世界面前丟盡了中國人的臉。在這種不堪的社會風氣中，誰還去關心什麼政治改革？對普通人來說，關心多了不僅浪費時間，弄不好還會惹禍上身。近幾年回大陸見到一些老朋友，發現他們多數不願意多談政治，最要緊的是使自己生活有所改善。他們反倒勸我不要再陷入過去不愉快的回憶中，高高興興享受人生吧。

　　有的朋友則說：「往事不堪回首，算了吧。」他們不願意再沉浸在過去的痛苦中，寧肯把它徹底忘掉，這種心情可以理解。可是令人費解的是，一些曾經經歷了許多苦難，甚至本人及其家庭都遭受過歧視和迫害的普通群眾，也選擇遺忘，這是在強權統治下一種無奈的表現。那些「前事不忘，後事之師」，「忘卻歷史就意味著背叛」等老生常談絕口不提了，因為選擇遺忘，日子比較容易過。不遺忘又能怎樣呢？經歷了中共六十年的苛政，人們至今仍心有餘悸，「六四」血的教訓，

更使人只能裝糊塗，扮阿Q[13]，這難道不是一個民族深沉的悲哀嗎？

　　當然也有一些人由於自己曾參與了整個過程，甚至也做過一些錯事，如果要認真反思，重新對歷史作一番評價，與此同時，似乎會把自己的大半生都掏空了，這是他們難以接受的。更何況，數十年來中共所灌輸的那一套謬論充塞頭腦，想要接受一點新思維，已無空間。即便願意思考，苦於面對那些舊套套，「剪不斷，理還亂」，怎麼也擺脫不了固有觀念的羈絆，於是也只好選擇遺忘。然而，遺忘就能修復破碎了的信念和夢想嗎？遺忘就能治愈受創的心靈嗎？遺忘就能重建前進的信心嗎？如果真有一些不堪的往事，恐怕只有從中找出何以「不堪」的緣由，才能避免重蹈覆轍，才得以超越自我。

　　有一首英文歌曲《回憶》，裡面的一句歌詞寫得很好，" When the dawn comes , tonight will be a memory too, and a new day will begin."

　　「當黎明到來，今宵亦將成一席舊夢，新的一天即將開始。」

　　是啊！眼前的每分每秒，瞬息即成過去，誰願再蹉跎歲月，停步不前？遺忘歷史將再次釀成許多新的「不堪」，倒不如痛定思痛，深切感悟，那麼，或許來日有望勝於往時。個人是這樣，國家、民族、政黨，又何嘗不是如此？！其實做錯了事，只要肯真誠認錯，始終是能得到諒解的。可是中共統治集團似乎已經喪失了認錯的能力。作家柏楊曾指出：「我們雖然

---

[13] 魯迅中篇小說《阿Q正傳》中的小人物，他一窮二白，但自尊心很重，每次遭遇不幸的事，都會採用精神勝利法，找出些似是而非的理由來安慰自己，魯迅希望藉此寫出一個現代國人的靈魂。

不認錯，錯還是存在，並不是不認錯就沒有錯。為了掩飾一個錯，中國人就不能不用很大的力氣，再製造更多的錯，來證明第一個錯並不是錯。」這是多麼被動、多麼糟糕啊！

而頑固的中共領導只希望人們永遠記住他們的「豐功偉績」，忘卻他們的不義和罪惡，為此他們千方百計掩蓋或歪曲歷史，指望時間會抹去一切。等到當事人全都死光了，誰還會知道那些血淚斑斑的「往事」呢？於是他們的黨就可以永遠偉大、光榮、正確，從而便能夠永載史冊並蔭及子孫。我不知道他們這個如意算盤是否真能打得成功？如果能，為什麼文革之後又會有「四五運動」和「六四事件」呢？儘管在當局刻意隱瞞事實，斬斷歷史的情況下，如今一些年輕人，對上半個世紀中國所發生的許多重大事件，幾乎一無所知或知之甚少，這是很可悲的，也是很危險的，但在資訊發達的今天，想要一手遮天，封殺所有的輿論渠道，永遠愚弄人民，恐亦難矣！

神聖口號的背後

　　近幾年圍繞香港政制改革的問題，反覆聽到一句話：「愛國愛港」，這句話把港人迅即分成了兩大類，這令我想起文革時期的一件事，某地有一批人認為革委會好得很，另外一批人則說好個屁，於是即時形成了「好派」與「屁派」，如今是否也有人想把香港社會徹底撕裂成這樣呢？

　　愛國本來是很自然的，記得二次大戰時，我還不到十歲，日本鬼子侵佔了上海，我，一個六七歲的小女孩，就得跟著家人長途跋涉，從上海逃難到大後方西安去，一路上目睹大批難民拖兒帶女四處奔逃。許多買不起車票的老百姓，爭先恐後爬上火車頂，每次火車經過山洞，我的心都撲通撲通不停地跳，深怕躲在車頂上的難民會掉下來，摔死在路軌上，這種恐懼的記憶，一直留在我的腦海裡，甚至會在夢中重現。

　　到了西安一向愛唱歌的我，總是跟著大姐唱她從學校裡學來的抗日歌曲，「風在吼，馬在叫，黃河在咆哮，黃河在咆哮！」「我們都是神槍手，每一顆子彈消滅一個敵人。」唱著、唱著，心中充滿了愛國激情。那時多麼盼望打敗日本鬼子，把苦難的祖國建設好，讓她強盛起來，不再受人欺凌踐踏，大家都能過上自由安寧的生活，這是我們這代人的普遍心願。那時並沒有誰教育我們必須愛國，更沒有人把愛國誇大為做人的標準，我們的愛國之情是自然而然產生的。可是近日聽香港新聞，「愛國愛港」竟成了一句口號、一種標誌。整天聽「愛國愛港」、「愛國愛港」，聽多了耳朵都快起老繭了，聽

著、聽著，簡直不知是「愛國愛港」呢，還是「愛國愛黨」，難道由於「港」和「黨」同韻的緣故嗎？不，並不這麼簡單，實在是有來由的。

我1948年到香港不久，誤入了一間左派學校，估計那是中共地下黨辦的，校長和某些教員竟是地下黨員，甚至學生中都有地下黨員和地下團員。當時一般學生當然是不知道的，只知道這個學校推行的是所謂的愛國主義教育。愛國本來無須教育，更無須主義，不過學校的真正目的是要將天真的學子，培養成中共的馴服工具。由於打著愛國旗號，他們的工作卓有成效，歷屆不少畢業生都去大陸建設「新中國」了。

到了大陸經常聽到的歌曲是《沒有共產黨就沒有新中國》，唱著、唱著，黨和國就分不清了；接著又大唱《東方紅》，愛黨便順理成章地變成愛領袖。可憐我們這些幼稚青年，就這樣逐漸上了中共的當，難以脫身。然而就算你真的愛國愛黨，而且真心敬仰那位「偉大領袖」，如果你出身不好，也是沒有用的，白樺的電影《苦戀》在這方面有真切的描寫。我那可憐的大姐，一輩子忠心耿耿聽黨的話，熱誠地要求入黨，卻總是不被信任，文革時還給她貼了大字報，說她是從香港回來的神祕女人。若干年後當電影《苦戀》遭到批判時，她痛心地說「《苦戀》有什麼不對？你愛國，可國家愛你嗎？這部電影說的都是事實。」

經歷了歷次政治運動，許多人已經深感那自稱「偉大、光榮、正確」的黨不僅不可愛，簡直可怕。文革後當它意識到自己的威信越來越低，整個社會存在嚴重的信仰危機時，唯有拉大旗作虎皮，擡出愛國主義來嚇唬人。有一位朋友的父親在美國，1976年他以為四人幫倒臺了，政治管控會比較寬鬆，便提

出想去美國探望分別了二十多年的父親，想不到所在單位竟然召開大會，批判他要叛國。你說說，這「愛國」是不是有點綁架的味道？太可怕了！

　　如今香港的情況有點相似，自由黨黨魁田北俊，只不過說了句特首梁振英應該請辭，就被政協炒了魷魚，若沒有中共的首肯，那政協有這個膽子嗎？這令我想起有點好笑的一件往事，八十年代中共開始向知識分子招手，一天大姐來找我，說她遇到了一個難題，原來那一向歧視她的黨，忽然來動員她入黨，可是她早已心灰意冷，沒有興趣參加了。聽她這麼一說，我也深怕他們來動員我，只好搶先一步，加入了一個民主黨派，誰知道新年去參加該黨的聚會，一開始就有人領著大家高唱《沒有共產黨就沒有新中國》，十足的花瓶黨，於是我再也不去了。請看看如今香港建制派的各政黨包括政協、人大在內，不都類似這種花瓶黨嗎？實質上他們的成員只須有兩種本事，一、舉手，二、拍手。

　　「愛國愛黨」這詞彙聽多了，頗感肉麻和厭煩，愛是什麼？愛是發自內心的一種真情，真正的愛國不需要整天掛在嘴上，愛什麼也不可能由他人教育和規定。無論愛國家、愛親人、愛情人、愛師長、愛朋友，甚至愛狗、愛貓、愛花、愛草，都必定有其內在的原因，可是有人總喜歡告訴別人，你應該愛什麼什麼，這愛怎麼可能應該得出來？實在可笑。

　　人說中國人歷來重孝道，身為人子必須敬愛父母，不然就是大逆不道。一般來說確應如此，不過即便這樣，也得看是什麼樣的父母，對少數虐待、或無故拋棄子女的父母，能愛得起來嗎？這方面中共最振振有詞了，總是不斷告誡人們，家庭、父母並不是自己選擇的，對五類分子的父母，理應劃清界限，

必要時還應該大義滅親。多少人在這種教育下，不認含辛茹苦養大自己的親爹娘，站出來狠批父母，最「典範」的恐怕要算踩斷父親三條肋骨的薄熙來了。

現在「愛國」竟成了一個神聖口號，一種不容置疑的標誌，不愛國就是漢奸。那麼德國人民一定得愛納粹德國，日本人民也必須愛軍國主義的日本了。如果愛是無條件的，那麼為什麼當年日本入侵中國，在大敵當前的危急時刻，毛澤東卻樂見日軍削弱國軍，以利於他們日後奪取政權？那他不是典型的大漢奸嗎？今天中共卻奢談什麼愛國，試問他們有這個資格嗎？

愛國主義、民族主義是獨裁者慣用的工具，以此把善良的人民綁上他們的戰車。一個維護人民利益的民主國家，無須整天宣揚愛國，關鍵時刻，人民自然會挺身而出，為保衛自己的國家做出貢獻。唯有獨裁專制，不得人心的國家，才會不斷鼓吹愛國主義，這正表明他們嚴重缺乏自信，只好躲在神聖口號的背後，販賣他們的私貨。

其實不少中國人總覺得自己既是炎黃子孫，理應愛中國，這種情意結很難解開。但請君小心政治扒手，這扒手不僅會偷走你的良知，還會悄悄地把「愛黨」這破爛兒順手塞進你的腦袋。不過有智慧的人是不會上當的，稍有頭腦懂得歷史的人都知道，中共的政權是靠槍桿子搶來的，靠筆桿子騙來的，六十多年的暴政充分證明，一黨專政下的中華人民共和國，既不是人民的，也不是共和的，連它的國號都是A貨，請問憑什麼要愛它？究竟愛它什麼？

蘇聯解體之後一些東歐國家曾提出應該成立一個國際機構，審判共產制度的罪行，像當年紐倫堡國際法庭審判納粹一

樣。如今中共統治的這個極權國家已成為共產制度的最後堡壘，它所犯的罪惡馨竹難書，在它統治的六十九年間，非正常死亡人數竟高達七千萬左右，它從不認錯，更不願悔改，至今依然對維權人士殘酷迫害。而正是這些無私無畏的抗爭者為維護公義，堅持不懈地反對這個日益流氓化的邪惡政權，無疑他們才是真正的愛國者。

一位不尋常的女士

　　有這樣一位女士，她出生於1907年，十二歲那年正值五四運動發生在北京的時候，她住在杭州。稍後這個新文化運動的春風，吹到了華東的魚米之鄉，也許這對於她個性的形成，產生了重要影響，在以後的歲月裡，她的行為顯示出很前衛的特徵。她的父親是孫中山先生創立的同盟會的成員，從遺傳基因來看，可能她也繼承了他的某些性格特點。她是家裡最大的女兒，有兩個妹妹、一個弟弟，早年喪父，令她必須幫助寡母承擔家庭的重擔，小小年紀已經相當獨立。她性情豪爽、大膽、活躍，對新鮮事物充滿好奇，在那個年代她已信仰了基督教，喜歡跟教會裡的洋人接觸，學習講英語。

　　這孤兒寡母的一家人，經濟上是靠母親娘家接濟度日的，她沒有機會受很多教育，十六、七歲之後，由親戚介紹，母親做主，嫁給了一個小地主，長輩們認為已為她找到了一個得以溫飽的歸宿。但她不是一般傳統的女性，這種沒有愛情、沒有自由的婚姻生活令她窒息，一天，不到二十歲的她終於離家出走，隻身逃到了上海，這個叛逆的舉動，令接濟他們的親戚嘩然，母親更是傷心無比，感覺臉面丟盡，然而她絕不回頭。為了謀生，她在上海的一個小學裡，邊學邊教，當了體育教員，早上去上班，坐在黃包車裡還比比劃劃地練習著啞鈴操。輾轉過了一段時間，她加入了國民黨，曾被派往溫州工作，搞過工運。一個女孩子家打著旗幟，領著工人請願遊行，杭州的長輩親戚聽說此事，個個搖頭嘆息，大為不滿。

1927年前後她在上海市黨部做宣傳工作，結識了一位男同事，兩人自由戀愛結了婚，五年內生了四個女兒，從此她沒有再外出工作。隨著丈夫在事業上的發展，社會地位的提升，她在一般人眼中，成為令人羨慕的太太，其實她卻有著不為人知的痛苦。從封建包辦婚姻中勇敢逃脫出來的她，並沒有找到真正的幸福，第二段自由戀愛的婚姻依然是不完美的，這時的她已經有了四個女兒，不可能再次離家出走。經過多次無效的爭吵，在心靈上留下了斑斑傷痕，最後還是唯有在以男性為中心的社會裡，過著許多女人不得不接受的生活，那就是忍受丈夫的三妻四妾，只不過對外還保留著正宗夫人的地位而已，這就是我的母親。

也許由於她本身的性格，或者由於婚姻生活的不順，有時她的脾氣很大，小時候我們姐妹比較喜歡爸爸，害怕媽媽。爸爸不打也不罵我們，最多溫和地跟我們講講道理，而媽媽卻會打我們。印象最深刻的一次，是我在客人面前沒有聽從她的話，事後她竟打了我，要我跪在地上，那時我已經十一歲了，不但如此，同時還讓我三個姐姐站立一旁，一起聽訓。說著、說著，她自己哭了，激動地說：「要不是為了你們幾個，我早就離開這個家，去外國讀書了。」那時我還小，不懂她說的話是什麼意思，只是感到自己很委屈，為什麼我僅僅沒有遵照她的命令去添加一件衣服，就惹得她發這麼大的火，這令我以後都不大願意親近她了。

以往幾十年我跟媽媽的關係總有點隔閡，除了小時候覺得她不夠親切，有時甚至很兇以外，長大後還不滿意她一味想我跟她一樣信教。1949年到香港後，她硬要把我送進清水灣一間基督教學校寄宿，我覺得非常沉悶，後來還是爸爸勸她不要勉

強我，我才得以轉學，可能這令她頗為失望。不久我誤入了中共地下黨辦的培橋中學，從此走入了一個詭異的迷宮，更不愛聽她那一套了。

當然我知道媽媽是愛我的，不然她也不會那麼在意我的信仰，而且她知道我喜歡唱歌，在上海時就開始讓我學鋼琴，後來還買了一個放四十五轉唱片的唱機和不少古典音樂的唱片給我。那時這種唱機發明還不太久，我想一定不便宜，那些珍貴的唱片培養了我對古典音樂的濃厚興趣。最令我感動的是我十八歲那年，她為我開了一個生日會，請了我的一些同學來參加，她說一個人十八歲就成年了，應該慶祝，也許她已經想到再過一年我將離家去大陸上大學。那天她為我們準備了豐盛的美食，我還給同學們表演了彈鋼琴，大家十分開心地一起唱歌、說笑、玩遊戲，而這是我在家過的最後一個生日。

有人說性格相近的人在一起，未必能相處得很好，這可能是有道理的。媽媽常說我的性格跟她很像，個性強，比較倔。尤其1952年之後我變得左傾，她則對中共從來沒有好感，這樣，我跟爸爸比較合得來，跟她就缺乏共同語言了。

1956年暑假我從大陸回香港度假的時候，有一天媽媽跟我談心，勸我不要再去大陸上大學了，還是留在香港吧。她見我沉默不語，停頓片刻忽然說：「我知道你不會願意，可能小時候那次我打了你，你很不高興，這我應該向你道歉，其實你們不了解，媽媽這輩子有時也很苦，心情很差，當初以為你爸爸只是在鄉下有一個包辦婚姻的老婆，這也就算了，誰想到他後來又弄出個老三，氣得我把頭都撞在門上了。」接著她告訴了我她的身世，這是我以前從來沒有聽說過的，已經二十歲的我，這才開始懂得以一個成年女子的心情來理解自己的媽媽。

　　如今回顧一生，發現媽媽是很關心我的，而我三次沒有聽從她的意見都是錯的。俗話說不聽老人言，吃虧在眼前，不幸這正應驗在我的身上。第一次是抗戰結束回到上海，媽媽讓我去一間很有名的美國小學讀書，我不高興去，不然今天我的英語會好得多，甚至我也不會選擇後來的道路；第二次是高中二年級時，我在學校演了夏衍的話劇《法西斯細菌》獲得好評，電影公司希望我和演男主角的王同學一起加入他們的公司，媽媽非常贊成，我卻拒絕了她的建議，非要去大陸考中央戲劇學院不可；第三次是1956暑假我回港探親，媽媽勸我留在香港，並想辦法去日本學音樂，我又沒有聽她的勸告，這就注定了我三十二年的坎坷人生。

　　媽媽是一個很現實的人，儘管年輕時她也曾熱情地參加過革命，但她絕不是那種狂熱的理想主義者，也不是一味追求完美的完美主義者。她曾有過一個男朋友，1927年前後很親共，想到江西蘇區去，他希望媽媽跟他一起走，媽媽說：「神經病！我怎麼會去那種地方？真是見鬼了。」她這句話可能真的說中了，因為這位先生從此人間蒸發。如今大家都知道那時江西的所謂蘇維埃政權，誤殺了不少從國統區去的知識分子。媽媽很聰明，也很務實，她不會受感情的驅使做出不切實際的事情，她懂得珍惜和守護她所擁有的，因為她深知這一切來之不易。

　　四十年代末，爸爸被親共人士包圍，其中有媽媽的乾媽的兒子大導演金山，和他的妻子著名演員張瑞芳，雖然他們私交很好，但她並不在政治上受他們左右。1947年之後爸爸終於經不起章士釗、喬冠華、潘漢年等人士的遊說，被中共的統戰政策擊中，政治立場開始左傾，但媽媽似乎依然沒有絲毫變化。

每次我放學回來，見有客人在爸爸的房間關著門談天，就問媽媽誰來了，她總是撇撇嘴，不以為然地說「八字腳」，這是她對「八路軍」的貶稱。八年抗戰期間，我們因逃難，全家分離，她跟爸爸在重慶經歷了日寇的狂轟濫炸，好不容易熬到了日本投降，一家人才回到上海團聚，然而四年後，又要再一次逃難到香港，直到現在我才能體會她說「八字腳」時的心情。

1950年回大陸上大學的兩個姐姐和哥哥，於1952年相繼來信跟家庭劃清界限，拒絕接受家裡寄去的錢，還責備父親是官僚資產階級，是歷史的罪人，我見媽媽坐在爸爸身旁流淚，爸爸則沉默無語。我心裡也很難受，我不明白爸爸已經很進步，很愛國了，1949年之前為即將成立的所謂的新中國做了不少事，為什麼還要遭到他們這樣嚴厲的譴責。

1955年我將畢業，正準備跟一班同學去大陸考大學，那時爸爸可能已經覺察中共講的是一套，做的卻是另一套，他的信心開始動搖，所以不想我去大陸了。他讓媽媽勸勸我，媽媽很生氣地說：「要勸你自己跟她講，她是不會聽我的話的。」由此可見，她內心積壓了多少不滿和怨氣。是的，正如八十年代她對我們說的那樣：「我們這個家，如果當初是按照我的意思辦，你們的命運都不會是這個樣子。」事實是因為爸爸在政治上向左轉，影響了全家的去向，結果我哥哥1957年被打成右派，我們三姐妹幾十年來也歷盡艱辛，媽媽的確有足夠的理由這樣講。

當初媽媽希望兩個學習成績很好的姐姐爭取出國留學，哥哥可以去台灣完成學業，我和三姐先留在香港讀完中學，整個家庭無須去台灣，也絕對不去大陸。爸爸的許多朋友，包括包玉剛、董浩雲、吳文正、嚴欣琪等人不都是這樣的嗎？人家事

業有發展，一家平平安安，有什麼不好？當然爸爸是個很愛國的人，作為立法委員的他曾經寫過不少文章，對國策提過很好的意見，其中一篇還登載在美國的時代雜誌上。而國民黨也確實有問題，產生過不少失誤，令人失望。於是他就聽信了潘漢年等人誘人的遊說，以為中共會比較好，殊不知灰色的對立面，未必是潔白，也許是更污濁的漆黑。

是不是男人總想有所作為以體現自身的存在價值，還是由於中國人成王敗寇的思想作祟呢？看來在歷史的關鍵時刻，敢於做一個失敗者，沉著反思，在原地爬起來重新起步並不容易，甚至需要更大的勇氣。本來爸爸已是重病纏身，理應趁此歷史的轉折關頭，在香港好好休養，深思熟慮，再做定奪。可是他卻不甘心賦閒在家，偏要在尚未真正看清對方，未能準確估計形勢的歷史時刻，急於積極地參與，以為這樣會對國家有所貢獻，一旦贏得新當政者的讚許，便更以為自己做對了，其實，這也恰恰反映了他的性格弱點。當時中共的喉舌新華日報上發表的的社論，真是講的比唱的還好聽，爸爸以君子之心度小人之腹，對這些不實的宣傳信以為真，卻不知他們使盡這些矇騙大眾的伎倆，目的只有一個，那就是奪取政權。當奪得政權以後，不久就變了臉。

可是一時間爸爸還沒有覺察，並沒有想到他所面對的是一個典型的黨國，比他所不滿的國民黨統治的黨國更加黨化、更加專制、更加獨裁、更加殘暴。而上海大亨杜月笙就精明得多，他對中共派來的諸多說客，一概一笑置之，不為所動，堅持在香港靜觀其變。上海社會局局長吳開先是跟爸爸從北伐時期就在一起奮鬥的摯友，也從未動搖過，還多次勸說過爸爸。為什麼爸爸偏偏會中招呢？從1947年開始就被中共一再利用，

結果累死了自己，還影響了全家。如果今天他還活著，當他知道那個引他上鈎的潘漢年，在抗戰初期竟是毛澤東派往上海，與日軍特務頭子岩井聯絡之人，實為一名不折不扣的漢奸，那麼，他該多麼後悔和痛苦啊？我真是不敢想像，也許那種煎熬會令他徹底崩潰。

現在回想起來，媽媽的確很不簡單，也很不容易，雖然對經自由戀愛而結合的丈夫在感情上的不忠，曾經很失望很生氣，可是畢竟還是跟他廝守一生，在八年抗戰最困苦的日子裡，在四年內戰失敗以後逃亡香港的艱難歲月中，她都和他患難與共。爸爸本來就常年多病，更因遭受三個子女跟家裡斷絕關係的致命打擊，從此一病不起。在他生命的最後兩年，媽媽請了教會的李牧師跟爸爸講道，希望他能夠信教。爸爸此時可能想給媽媽一點安慰，或許也因為自己有太多難言的疑慮和痛苦，想從宗教中找到一點平靜而得到解脫，最終信奉了基督教。過不久，在他54歲的時候就與世長辭了，49歲的媽媽開始守寡。

為爸爸立墓碑的時候，媽媽決定只把爸爸所有子女的名字刻在上面，而沒有刻她作為未亡人的名字。現在我明白了，正因為曾經執著地愛過，便無法忘懷曾受過的傷害，而且如果只刻她的名字，那麼那兩位往哪兒擺呢？所以這是很明智的處理。可是媽媽還是很大度的，她一直遵照爸爸的託付，給哥哥在鄉下的母親寄生活費，直到哥哥工作之後，有了收入才停止。

媽媽的確跟爸爸很不相同。她似乎沒有那麼愛國，沒有那麼偉大，或許女人往往更關注家庭，更多考慮家人的切身利益。不過媽媽也不是缺乏見識的一般婦女，她是五四運動之後

的一代新女性,她親身受過封建制度的束縛,追求個性解放,嚮往自由是她發自內心的強烈要求,也是她一貫的行動準則。憑直覺她就會本能地排斥外界的操控,和各種強加於人的說教。尤其在姐姐們突然無情地跟家庭劃清界限之後,她更加厭惡中共。是啊,有時看問題比較簡單,比較直截了當的人,反而能觸摸到事物的本質,不容易被那些包裝得無比精美的謊言迷惑。

爸爸去世一年後的1956年夏,媽媽曾到北京來看我。兩個姐姐趁機勸她回大陸生活,理由是爸爸已經去世,她在香港只有三姐一個女兒,國內有我們三個女兒可以照顧她,而且外婆和舅舅一家都在上海。再說香港本來就不是我們的家,那是英帝國主義的殖民地,為什麼要留在那裡呢?她理應回國跟家人團聚,三姐畢業以後也可以回來的麼。她倆滔滔不絕地曉之以理,動之以情。可是媽媽卻毫無表情,一言不發,最後她沉著地說:「這個話題不要講了,我是不會回來的,最多有時來看看你們和外婆,她的晚年生活我也早安排好了。」我知道媽媽的個性,她決定了的事誰也改變不了,因此我什麼也沒有說。僅僅一年之後,反右鬥爭就開始了,形勢緊張,政治壓力加大,連我也在姐姐們的勸說下,不敢再跟海外通信了,從此我們跟媽媽和三姐失去聯絡長達28年。

歷史證明媽媽絕頂聰明,假如她真的聽從了大姐、二姐的勸告,回大陸定居,那麼反右時要她裝聾作啞,依她的個性是辦不到的,即便躲得過這關,到文革的時候,她這位1927年前後加入國民黨的黨員,不正是「四類分子」嗎?不橫屍街頭,也難免被紅衛兵折磨得生不如死,那時我們三姐妹都自身難保,哪裡還能救得了她?幸虧她拿定主意不回大陸,一直跟三

姐相依為命。六十年代初，三姐去英國留學，她一個人留在香港，為了生活，還曾在爸爸的一位朋友開的紗廠裡，當過工人宿舍的舍監，直到三姐畢業以後結了婚，有了工作，她才去英國跟他們團聚。

不過媽媽沒料到的是，在海外她也躲不過左傾思潮的包圍，這恐怕是那個時代的一股潮流，許多比較正直、愛國的理想主義者，都容易受中共的欺騙，成為對它有好感的人。可以這樣說，那些年月在家庭裡，媽媽在政治上一直是孤立的，從表面看，她似乎太現實，太世俗了，不像我們家的大多數人那麼有理想、那麼清高。雖然她講不出一大套道理來，實際上，她的頭腦卻比誰都清醒，起碼她沒有上當，由始至終，她對中共都沒抱任何幻想和期望。八十年代，中英發表了聯合聲明，確定了香港將於1997年回歸中國，媽媽講了一句很形象、很幽默的話：「作孽！一個漂亮時髦的女郎，就要被一個又醜又老又兇的土地主霸佔了。」

媽媽不僅聰明，還十分好學，結婚後她抽空去美專學習過繪畫，抗戰結束回到上海，她立即專門請了老師到家裡來教她英語。1948年到了香港，她曾去學習縫紉機刺繡，繡出來的成品像一幅幅油畫。跟三姐在加拿大住的時候，她還學過法語，回英國之後，她學習了陶瓷製作，上面都是她親手繪的畫。媽媽八十高齡時患了癌症，經醫院治療，得以康復，她心存感激，製作了許多陶瓷作品，開了一個展覽會，作品全部義賣，收入統統捐獻給了曼徹斯特醫院。媽媽就是這樣一個人，好學、熱情、豪爽、風趣、極有魅力，在朋友圈裡她是一個很受歡迎的人。

媽媽，今年是您逝世十周年，回顧幾十年的一切，我深感

慚愧，我沒有您聰明，沒有您堅定，更沒有您務實，是歷史的真相給了我沉重的打擊，直至幾十年後才覺醒，真是愚不可及。在這裡我要由衷地跟您說一聲對不起，多年來我對您有過不少誤解，並不懂得珍惜您的優點，直到我走出中共的迷宮，戒掉了他們灌輸給我的迷魂藥之後，您遺傳給我的基因，才起了作用。我不再猶豫、不再懼怕，像您當年離家出走一樣，在五十歲之後，不顧一切地從迷宮中衝了出來，哪怕放棄已有的一切，從零開始也在所不惜。1997年香港回歸後，六十二歲的我又移民來到加拿大這個美麗、和平、民主的國家，才有機會寫出我想寫的真實感受，可惜現在我已經沒有機會面對面地跟您談心了。如果在您有生之年，能看到我這篇文章，也許會令您感到一點安慰。雖然您頑強地活到了一百歲，但是我的文章面世已經太遲了，請原諒我的後知後覺吧，媽媽！

一個並不陌生的名字

　　日前看到一篇文章，介紹日本學者遠藤譽教授近日寫的一本書，《毛澤東勾結日軍的真相》，非常震驚。中共一貫把自己打扮成抗日救國的中流砥柱，實際上卻早在抗日初期就出賣祖國，勾結日寇，打擊浴血奮戰中的國軍，籍此借刀殺人，削弱國軍的實力，為日後奪取政權鋪路。日本投降之後，竟厚顏無恥地污衊國民政府是摘桃派，真是賊喊捉賊，欺世盜名。

　　書中提到一個關鍵人物的名字──潘漢年，對於我來說並不陌生，當我還是一個少女的時候，就聽說過他，可是在遠藤譽教授的書中，揭露他是毛澤東於四十年代初派往上海，跟日軍聯絡的漢奸，這著實使我大吃一驚。

　　從我懂事以來就覺得父親很忙，抗戰勝利以後，他擔任多項職務，他是國大代表、還是立法委員，但身體一直不好，由於忙碌奔波，健康狀況每況愈下，幾乎每年都要去香港養和醫院檢查身體或休養。1947年他從香港回來後，不知為什麼掛在客廳裡的一張蔣委員長的照片，被摘了下來，這是蔣送給每位國大代表的，上面寫著「清華代表」下面署名「蔣中正」。我不知道這是為什麼，只是隱約感覺大人的世界出了事。

　　1948年11月父親讓母親帶著我和大姐、三姐去香港玩，事後我才聽母親說，原來1947年潘漢年在香港探訪過父親，經潘的遊說，他的政治傾向有了很大的轉變，當然在這之前，他對國民黨的失誤已經不滿，加上他的好友大導演金山，大律師章士釗等人的影響，父親內心一直有難言的矛盾和掙扎，中共資

深高級特工潘漢年的三寸不爛之舌，則使他最終逐漸靠攏中共，被他們統戰了。在父親的影響下，我們兄弟姐妹也逐漸變得左傾，尤其是我哥哥，父親常派他送信給從大陸來香港避風頭的潘漢年、喬冠華等中共人士，聽哥哥說那時他們就住在英皇道。雖然我是家裡最小的女兒，對於政治不大懂，但因為看了不少描寫二次大戰的電影，覺得那些反法西斯的間諜非常了不起，他們冒著生命危險在敵後工作，是多麼勇敢、機智啊！所以潘漢年的形象在我心目中也是很高大的，怎麼想得到他竟是一個大漢奸？我還把他當成愛國的英雄好漢呢。

原來潘漢年早在1926年就加入了共產黨，歷任中共中央直屬文化工作委員會第一書記、華中局聯絡部長等職。國共分裂後，1928年擔任中共中央宣傳部文化工作委員會書記，1931年擔任中央情報組特科第二科科長。1933年夏進入江西蘇區任中共中央局宣傳部部長。1935年2月紅軍二渡赤水後，他與陳雲先後離開長征隊伍赴上海，恢復同共產國際的聯繫。8月他和陳雲一起經海參崴到達莫斯科。1936年6月，陳濟棠、李宗仁發動兩廣事變獲得中共支持。潘漢年還負責與張學良、陳濟棠、蘇聯三方聯繫，8月返回延安後赴西安，參與了西安事變的策劃。1937年9月，任辦事處主任，這期間，為首版《毛澤東傳》題寫書名，由此可見，他一直是中共的得力幹部。

上海淪陷後，潘撤往香港。1938年9月，回延安任中共中央社會部副部長。1939年赴港從事情報工作。1944年四月日軍增兵五十萬，執行攻擊中華民國的一號作戰計劃，潘透過與日軍的合作提早獲得珍貴情報，使紅軍保存了實力，國軍則損失慘重。

1946年3月潘漢年赴南京參加中共駐南京代表團，9月赴香

港，想必就是在此前後，他在那裡拜訪過我父親，並遊說他向左轉。根據歷史資料潘在港期間，還參與組織所謂的民主黨派領導人，和各無黨派知名人士從上海等地轉往香港，然後由香港通過海上通道轉移到解放區。他還組織了國民黨中央航空公司和中國航空公司在港機構人員的起義，這件事他曾利用過我父親的社會關係，因為父親與招商局及兩航公司的一些高層負責人相熟。

由以上履歷可以看出潘漢年是中共的資深黨員，擔任過許多重要職務，而且是情報部門的重要骨幹，怪不得在抗戰初期，毛澤東就派他祕密潛入上海，與日本的特務頭子岩井聯絡，這在遠藤譽教授的書中有詳盡的描述，她在日本解密了的檔案中，找到不少確鑿證據。

抗戰結束以後潘漢年活躍於上海工商界，工作重點轉為策反國民黨人士，企圖說服資產雄厚，社會影響力大的大企業家留在上海，以免資金流失。看來潘漢年之所以相中了我父親，就是因為他在上海工商界有一定的影響，特別是他熟悉上海大亨杜月笙，而且他本身又是立法委員，這對於中共的統戰、策反工作極有利用價值。

然而自從1955年我回大陸上大學之後，就從沒有聽說過潘漢年的名字，心裡覺得有點奇怪，像他這樣一位對共產黨有卓越貢獻的資深黨員，照理解放後一定會擔任重要職務，可是報紙上再也沒見他出現過。原來中華人民共和國成立後，自1949年5月至1955年，他的確先後擔任過中共中央華東局社會部部長和統戰部部長、中共上海市委副書記和第三書記、上海市人民政府副市長等要職。但在肅反運動中卻遭到整肅，我是1955年9月才回大陸升學的，當然就再也見不到他的名字出現在報

紙上了。原來那年4月他即被毛澤東下令祕密逮捕，毛當即批示「此人從此不能信用」。之後潘漢年被判十五年徒刑，文革時更改判無期徒刑。這些情況我是直到八十年代初，在中共黨中央發出了「為潘漢年同志平反昭雪的通知」才知道的，而他早已於1977年因患肝癌，病死在獄中。

當然，潘漢年作為中共與日本勾結的主要聯絡人，利用國共合作抗日的機會得悉國軍軍情，多次為日本提供了重要情報，導致無數英勇殺敵的國軍將士被殺害，他的確是一名不可饒恕的漢奸，落得如此下場，可以說是罪有應得，然而他畢竟是個執行者，人們不禁要問究竟誰是那幕後指使人？誰是真正的大漢奸？！

今天看了遠藤譽教授的書才明白，這位對中共忠心耿耿，貢獻良多的老黨員、老特工何以會有這樣悲慘的下場，顯然是因為他知道太多機密，特別是這些機密直接涉及毛澤東，那麼，這就注定他必死無疑。過去曾為中共賣命的特工人員如金無怠、俞強聲、關露等，哪一個有好下場？這倒很值得所有至今仍在為中共冒險賣命的特工們，好好想想，引以為鑑。

墓誌銘

近日看到一些名人的墓誌銘，挺有意思，有的還很幽默，如：

> 海明威：恕我不起來了。
>
> 活到94歲的大文豪蕭伯納：我早就知道無論我活多久，這種事情一定會發生。
>
> 牙醫約翰‧凡朗：我一輩子都在為人填補蛀牙，現在這個墓穴得由我自己去填補了。

我不由得想到如果有一天我將離開這個世界，我會留下什麼樣的墓誌銘呢？作為芸芸眾生的一員，沒什麼值得自豪的東西可記錄，不過從時間計算上來說，必須準確，我會這樣總結自己的有生之年：1935年×月×日出生，20××年×月×日離世，享年××年減去三十二年在中國大陸滯留的日子，實享年××歲。

也許有人會質疑，那三十二年你沒有活著嗎？是的，從動物的含義，我是活著的，我每天都吃飯、喝水、做事、勞動，不過作為一個應該有獨立意志，受尊重，有尊嚴的人，似乎我並不存在。因為那時的我，曾被教育成一個黨和國家的馴服工具，在相當長的一段日子裡，我缺乏獨立的思想和堅定明確的立場觀點。而且我沒有堅持學習和選擇工作的自由，也沒有思想、言論的自由，甚至我也沒有戀愛、結婚的

自決權，更沒有離境或遷徙的自由。在那三十二年裡，如果我說的全是真話，早就被打成了右派；如果我堅持自己的看法，並以此為行動的準則，當然不會有好下場；如果我不想繼續這樣活下去，要求回流香港，那肯定會像我的一位朋友那樣，被批判為叛國。雖然經過歷次殘酷的政治運動，我已經逐步覺醒，但對外部世界的情況，還是一無所知，無奈只能麻木地苟且偷生，這能算是活著嗎？與這三十二年前，和這三十二年後的我相比，恐怕只能說那時真實的我，被局部麻醉而昏迷了，恰似失去了靈魂，因此不能計算在我享有的有生之年中。今囑我的後人，到了那一天一定要這樣計算。

窗

　　這是一扇窗，但不是一般的窗，是火車車廂的窗。窗外是迎來送往的月臺，多少人隔著窗依依惜別，多少人望著窗尋覓著自己期待已久的人。如果這些窗有靈性的話，它們一定能告訴人們許多發人深思的故事。

　　1955年秋天，我登上了九龍尖沙嘴火車站的一列火車，準備奔赴祖國升學。雖然滿懷愛國熱情，可是爸爸病逝還不到兩個月，我就要走了，望著月臺上兩鬢依稀斑白的媽媽和瘦弱多病的三姐，一顆心驟然一陣抽痛，原來我真的要離開溫暖的家了，此時此刻什麼激情都無法阻擋那襲向心頭的離情別緒。

　　火車慢慢啟動了，媽媽和姐姐不捨的目光一直追隨著我，我扶著玻璃窗，也癡癡地凝視著她們，想緊緊抓住這一刻。但火車加速了，隨著月臺向後退去，她們的身影越來越小，很快從窗外消失了。一滴滴眼淚禁不住掉了下來，不過這僅僅是惜別的幾滴眼淚，我並不知道我所憧憬的前方，並不是什麼母親的溫暖懷抱，而是進去容易出來難，一個禁錮人心靈、冷冰冰的鐵籠子。從此我跟自己的媽媽和姐姐分隔在兩個完全不同的世界，在三十來年中，想要見上一面都難如登天。要是早知道這樣，也許我會因來不及跳下火車而大哭一場。

　　1968年一列火車停在北京站，這是空軍的一列包車，車上坐滿了穿黃軍裝、藍褲子的空軍，列車將開往離齊齊哈爾不遠的塔哈，那裡有一所空軍的五七幹校。

　　深秋的北京已經冷颼颼了，列車服務員把窗戶一一落下，還有幾分鐘火車就要啟動了。我坐在靠窗的座位上，呆呆地望著月臺上的大姐，只見她那近視眼鏡的鏡片被淚水模糊了，她不時用手絹擦著，冷風吹亂了她的頭髮，體弱多病的她在風中顫抖，落寞而憔悴。我不斷地揮手示意讓她快回去，可是她依然紋絲不動。隔著窗戶我好像還能聽到她的千叮嚀，萬囑咐。是啊，小妹因為海外關係和在文革中「站錯隊」，經過空政文工團八個月的隔離審查後，被發配去北大荒接受「再教育」。聽說那裡像西伯利亞一樣，零下四、五十度，冰天雪地，人煙稀少，這「再教育」又沒有期限，此一去何年何月才能再見呢？！她能不傷心、不擔憂嗎？看見她低頭哭泣，我也心痛難忍，可是那幾個骨幹的目光，像探照燈似地掃射著，我強忍住了即將奪眶而出的眼淚。

　　火車開動了，咯噔……咯噔…咯噔…咯噔、咯噔，大姐跟著火車不停地走，隨著火車加速她幾乎跑了起來。「別跑！別跑！大姐你有心臟病的呀，姐夫被隔離審查，你自己也受到了衝擊，一個人帶著三個孩子，心力交瘁，疲憊不堪，要是你病倒了，天哪！誰敢來幫你們啊？！」我在心中呼喊著，彷彿生離死別就在此刻……

　　1988年陽春三月，我正要登上開往廣州的火車，準備經深圳去香港。月臺上站著送行的家人和好友，雖然大家都為我恢復了香港的永久居民身份而高興，但那時的我畢竟已經五十二歲了，在闊別三十二年的香港，能否白手起家令他們為我擔心。大姐這次沒有哭，卻以惆悵的眼光望著我說：「都這個年紀了，實在不行的話，就回來吧。」

「大姐，她一定行，別擔心。」好友張老師安慰著大姐。小呂幫我把行李拿上了車。

老同學YT陳正好出差來京，也前來送行，他緊握著我的雙手，感慨萬千：「駱，三十二年前我們滿懷熱情一起回國，可是……現在你要走了，唉！祝你好運吧！」

「謝謝！你借給我的兩千港幣，等我賺到錢時還給你，多得你的支持。也許不久我們可以在香港重聚。」

「人到中年萬事難，我沒有你這份勇氣。」

「不是勇氣，是怒氣，或者說怒氣化作了勇氣。」

「媽媽，誰惹你生氣？真壞！」女兒噘著嘴問我。

她爸爸看看周圍，撫摸著她的頭，「這些你不懂，別問。」

「那媽媽什麼時候才回來呢？」

小呂笑著嚇唬她：「媽媽不回來了。」

「什麼？！」女兒驚呼。

「媽媽安頓好之後，會來接你們的。」陳叔叔笑著撫慰她，女兒破涕為笑了。

列車服務員開始催促旅客上車。

「一個人在外面，凡事小心！」大姐好像忍不住又要流淚了。

我盡量以輕鬆的語氣說：「這次我不是去北大荒呀。」張老師和小呂在窗外向我伸出兩個手指做V形狀。

火車開動了，窗外送行的親友、熟悉的月臺、我住所附近的箭樓，刷、刷、刷地都被拋在了後面，列車奔馳而去，奔向那三十二年前我拋離的地方。身上僅僅揣著三千元港幣，帶著一顆義無反顧的決心，踏上了人生的新旅程。愚蠢的等待，太多的遲疑，延誤了多少寶貴時光，連稍微開明一點的胡耀邦都

被拉下了臺，我徹底醒了。還要繼續帶著面具，說著違心的話做人嗎？不，這裡絕對不是我心靈的歸宿。雖然外面的世界已經陌生，不知道前面等待著我的是什麼，管他呢？起碼那裡有久違的自由，從零開始也值得。

放眼望去，窗外是綿延的山脈，寬闊的原野，翠綠的叢林，人生圖個什麼？不是金山、銀山，是活得自然、真實、坦蕩。

十年後的1998年，像許多香港人一樣，預感到鐵籠子將延伸到身邊，不得不放下種種不捨遠走他鄉。這回不可能坐火車了，我登上了國際航班，經過十一個小時的飛行，到達了溫哥華的上空。透過機艙的小窗，看見了外面廣闊的天地，藍天白雲下是銀燦燦的雪山，雪山下是鬱鬱蔥蔥的田野，在這美麗、和平、民主的國家，世界各地被迫離鄉別井的人們，尋得了新的家園，沒想到六十二歲的我也會被接納，有幸在這片樂土落地扎根。

歲月匆匆，十八年過去了，他鄉已成故鄉，在這裡我生活得充實、自在，內心充滿欣喜和感激。此生能為這個民主、自由、美好的國家奉獻我有限生命的一點餘熱，不能不說是我的榮幸。

唱《橄欖樹》有感

不要問我從哪裡來，我的故鄉在遠方，

為什麼流浪？流浪遠方，流浪。

為了天空飛翔的小鳥，為了山澗輕流的小溪，

為了寬闊的草原，流浪遠方，流浪。

還有、還有，為了夢中的橄欖樹，橄欖樹。

不要問我從哪裡來，我的故鄉在遠方，

為什麼流浪，為什麼流浪遠方？

為了我夢中的橄欖樹，橄欖樹。

　　每當唱起三毛作詞的這首歌曲，心底不免隱隱感覺一絲悲涼，一想到遠方的故鄉，總有一種甩不掉的沉重感，但對她依然存有一份思念和期盼，這大概是我這個六十歲後移居他鄉的移民，特有的情懷吧。

　　遠方的那片故土，還生活著我的親人、好友，這麼些年雖然難得見面，不時通通電話，還能談談心，互抒思念之情；近年以來卻發現溝通的渠道越來越窄了，在電郵上彼此也不能暢所欲言，除了噓寒問暖之外，還能說些什麼呢？一不小心，傳去的電郵不知怎麼就自動進了垃圾桶。最近發給老朋友劉大夫一個微型電影和一些好聽的歌，他說：「我很想看，為什麼都打不開呢？可否教教我？」

　　「我沒法教你，這是來自谷歌和youtube的。」

　　「喔，懂了，官爺不喜歡，所以我們也就打不開了。」

　　原來如此，教授級的劉大夫，飯是肯定吃得飽的，不過看來他絕沒有「天空飛翔的小鳥」那麼自由自在，也不如「山澗輕流的小溪」那麼輕鬆瀟灑，一個被圈在既定時空裡生活的人，官爺不讓聽的聽不見，官爺不讓看的看不到，這能算享有一般的人權嗎？如今劉大夫已年過八十，身體健碩，還常在專家門診為病人治療，不過在日常生活中，眼不花、耳不聾的他卻常常被盲目、被失聰了。

　　記得1996年我向香港的加拿大領事館遞交了移民申請後，為了能順利通過面試這一關，請了一位從利物浦來香港教英語的老師，幫我提高英語會話水平。交談中，他得悉我們四姐妹分別在四個不同的國家居住，大姐在香港，二姐在美國，三姐在英國，而我將遠赴加拿大，他覺得很奇怪和有趣。他告訴我，在英國他感到很沉悶，所以才來香港工作，果然香港的生活多姿多彩，很有意思。他不明白為什麼我會願意放棄這樣的生活，在年過花甲的時候，跑到加拿大那麼遙遠那麼寒冷的地方去。是的，我想他不可能明白，因為他不曉得我是1955年從香港回大陸升學的學生，1988年才再次回到香港定居。他更無法想像我過羅湖海關時緊張不安的心情，也無法體會我一上了羅湖橋，那種即時鬆弛的感覺。他怎麼能懂得一朝被蛇咬，十年怕井繩這句俗話？更不可能有生活在專制國家裡那種窒息感，因為在英國他只是覺得沉悶，而不是窒息。如果現在他還留在香港，看到成千上萬人上街抗爭，也許會明白一點了。

　　有一次出外旅行，在香港機場等候時，遇到了一個去大陸的美國旅行團，其中有位美國太太興奮地告訴我，這是她第一次離開家走出國門，後來我旁邊的一位朋友悄悄地跟我說，「原來美國也有這麼土的人，從來沒有離開過家鄉。」說著她

笑了。但我心裡想，人家在家鄉安居樂業幾十年，現在走出國門只是為了遊玩，這難道不是福氣嗎？而無數的中國人為什麼總要長途跋涉背井離鄉？這真的值得羨慕嗎？其實，許多人內心的無奈，恐怕只有自己知道。

唱完《橄欖樹》，接著是我常愛唱的另一首歌曲——電影 *Sound of Music* 裡面的 *Edelweiss*。電影中的一家子唱完這首歌後，懷著對家鄉的無限眷戀被迫決然離去。當我唱到最後一句 " Bless my homeland forever"（請永遠保佑我的故鄉），你們可知道我內心的感受是什麼嗎？是心酸。

我也想狠狠地踢自己的屁股

　　有一次一位朋友講起1957年他從馬來西亞去澳洲讀書時的笑話，那時大多數學生都是乘輪船去澳洲的，媽媽特別疼愛這個最小的寶貝兒子，給他買了張飛機票，十幾歲的他從未一個人出過門，更沒有坐過飛機，像個小傻瓜似的，多少有點緊張。進了候機室已是中午，他不知道可以去裡面的餐廳吃飯，看見別人去吃，覺得也有點餓了，但自己口袋裡的錢不多，只敢叫了一杯冰激淋，吃完之後還覺得餓，也只好算了。到了澳洲，聽來接機的舅舅講，原來在候機室吃飯的費用，是包在機票裡的，他說這時候他真想狠狠地踢自己的屁股。

　　聽了他這個笑話，我笑了，可是笑過之後，卻想到差不多也在那個年代，在我身上亦發生過一件更加荒唐的事情。1957年我因同情了一位右派老師，學習不到兩年，就被強行踢出了戲劇學院，理由為：我是從香港回大陸升學的，雖然成績不錯，分數都是4分或5分（5分為滿分），但太缺乏工農兵的生活體驗，所以必須提前參加工作，到實際生活中去熟悉工農兵。校方不讓我讀到畢業，也不容我抗辯，命我即時退學。我被如此無理對待，為什麼沒有立即返回香港？那時我才二十一歲，一切從頭開始都還來得及，為什麼還要留在這個不講理的「祖國」？如今想起此事，我也想狠狠地踢自己的屁股。

　　然而，歷史不可能重寫，對國家的愚愛注定了我不會離開，因為日本侵略中國時，我剛剛出生，八年艱苦抗戰的故事已深深地印在腦海裡，愛國之情已成了我血液的一部分。何

況我在香港就讀的那間左派學校，上歷史課的時候，老師告訴我們紅軍長征是為了北上抗日，由此我們以為中共是抗日的中流砥柱。哪裡知道毛澤東在延安對抗戰所作的指示是：「為了發展壯大我黨的武裝力量，在戰後奪取全國政權。我們黨必須嚴格遵循的總方針是『一分抗日，二分應付，七分發展』任何人，任何組織都不得違背這個總方針。」顯而易見這就是消極抗戰，保存實力，壯大自己。最可恥、最可恨的是他們還暗中與日寇勾結，出賣國軍情報，借刀殺人，削弱國軍，以利於他們日後全面奪取政權。捱到1945年，美國的兩顆原子彈決定性地擊敗了日寇，艱苦的八年抗戰終於取得了勝利。就在中國軍民還沒有喘過氣來的時候，中共卻能以逸待勞，養精蓄銳，在蘇聯的支持下迫不及待地挑起了內戰，令無數熱血男兒喪生在槍林彈雨中，真是「一將功成萬骨枯」啊，換來的是什麼呢？是大獨裁者毛澤東耀武揚威登上了天安門。

那麼中共取得政權之後究竟幹了些什麼呢？首先是暴力土改奪取了地主的土地，消滅了成千上萬的地主；接著搞合作化和人民公社化運動，又一舉剝奪了農民剛剛獲得的土地，一轉手就無償地進了「國家」的口袋；1956年以公私合營的方式，把民族資產階級的財產也搶走了，全國人民則都成了廉價勞動力，辛苦工作所得無幾。1958年毛澤東異想天開，意圖十五年內超英趕美，掀起大躍進高潮，結果弄出了個人為的三年「自然」災害。

外交上毛澤東為了想當世界革命領袖，到處慷人民之慨，在第三世界大撒幣收買人心，並不斷向蘇聯進貢，以取得他們的技術支援。結果六十年代初，連我們生活在首都北京的人都吃不飽，因營養不良，腦袋上、腿上一按一個坑，得浮腫病的

人隨處可見；農村更陷入了大饑荒，餓死三千多萬人。到了1964年，全國人民還沒有從貧困和飢餓中緩過勁來，毛澤東又急不可待地發動了史無前例的文化大革命，一心只想著扳倒異己，保住權力，不惜運動群眾，挑動內鬥，號召人民打倒走資派、反動學術權威，橫掃一切牛鬼蛇神，導致死傷無數；同時引發了兩派群眾大規模武鬥，真槍實彈自相殘殺，神州大地屍骨遍野血流成河。哪有一個國家在和平時期，會如此瘋狂地掀起這樣的內戰？！十幾億人口的大國，整整十年生產處於全面停頓狀態，一個在歷史上曾經輝煌的文明古國，到十年浩劫結束時，經濟竟然瀕臨崩潰。就這樣，前三十年政治運動一個接一個，迫害了上億人民，摧殘了無數精英，導致非正常死亡人數高達七千多萬，這就是毛政權的「德政」，這就是中國人民為建立這個「新中國」所付出的代價，這個代價是不是太昂貴，太沉重了？！

後三十年又怎麼樣呢？中共為了保住政權，為了不亡黨亡國，不得不進行經濟上的改革，但政治改革至今未見有任何動靜，近年來更加日益倒退，從上到下，無官不貪，貪污腐敗根本無法杜絕。正因為人民對此極度不滿，才引發了天安門事件，六四屠城令舉世震驚。可是直到今天中共不僅不肯檢討，還蠻橫無理地堅持他們的鎮壓暴行是必要的。更令人氣憤的是如今竟有人想為文革翻案，提出這場十年浩劫乃艱辛的革命探索，公然無恥地為開歷史倒車大造輿論。由此可見不管經濟上的改革開放，在表面上取得多大成績，都不足以說明這個政權在本質上有什麼根本的改變。相反，由於他們手裡有了金錢，更可以為所欲為了，變本加厲地對內監控人民，殘酷打壓異見人士；對外則無孔不入地滲透港澳臺及世界各國，以賄賂收買

等卑鄙手段達到他們不可告人的目的。

　　對於上述種種，五十年代年輕的我怎麼會懂得？怎麼能預見？幾十年來不管個人受了多大的委屈，總是要求自己經得起考驗，好像真理永遠在那個至高無上的黨手裡，在那個據說是代表著黨，代表著全體人民的「偉大領袖」一邊，不許自己心存絲毫懷疑，這是何等愚蠢啊？！跟如今綁著炸彈去作自殺式爆炸的恐怖分子相比，也不見得聰明到哪兒去。但這種愚蠢不是天生的，而是專制制度培養出來的，一個人如果生活在封閉的社會裡，終日聽到的是一種說教，稍有獨特的看法，即被一棍子打下去，久而久之，人的腦袋怎麼能不退化？

　　中共慣於以國家的名義來欺騙人民，但國家究竟是什麼？國家只是一部管理機器，這部機器應該起什麼作用？它必須為人民服務，為人民謀福利，絕對不可以欺壓人民、奴役人民，包括掌控人民的思想。世界上根本不存在抽象的國家，著名作家哈金講得好：「現在這個階段，共產黨事實上就是國家，因為它統治中國，坐在聯合國安理會的席位上。以為國家跟執政黨不一樣的想法太天真了……國家從來不是高高在上的神，只不過是某一歷史時期的社會組織機構而已，要是一個國家倒行逆施，老百姓完全有權利制止它，在它的屁股上狠狠踹一腳，好好修理它完善它，這才是公民的職責。」如今習近平提出的「中國夢」、「強國夢」究竟是什麼東西？無非是他的帝王夢、法西斯夢，跟中國人自五四運動以來，提出的要把賽先生（Science_科學）和德先生（Democracy_民主）請到中國來，實現民主憲政的百年夢想，完全背道而馳。他不僅不肯放棄一黨專政，還恬不知恥地修憲推行終身制，大開歷史倒車，並野心勃勃地向全球輸出他們的模式，妄圖做世界的霸主。為此他

正在把全中國人民綁在他們的戰車上，奔向極端危險的道路。
目前雖然有那麼一批當代義和團，跟著搖旗吶喊，發出歇斯底
里的叫喊，然而，在咨詢發達的今天，那絕大多數沉默的一群
在想些什麼，中共是無法掌控的。他們之所以不斷強調四個自
信[14]，恰恰說明他們嚴重缺乏自信，每年巨額的維穩費用，正
反映了他們內心虛弱，充滿危機感，終日惶恐不安，深怕不知
哪一天他們的紅色帝國就會突然崩塌。

---

[14] 即（1）中國特色社會主義道路自信，（2）理論自信，（3）制度自信，
（4）文化自信。是從中共十八大提出的三個自信發展而來的論述。

法寶：
統一戰線、武裝鬥爭、黨的建設

　　1939年10月，毛澤東在《〈共產黨人〉發刊詞》中總結中國共產黨18年革命鬥爭的歷史經驗時指出：「統一戰線、武裝鬥爭、黨的建設，是中國共產黨在中國革命中戰勝敵人的三大法寶。」回顧歷史，這倒一點不假。特別是統一戰線策略，的確是他們的絕招。

　　內戰時期，中共通過他的情報系統，無孔不入地滲透到國民政府內部，有的高官被他們統戰，受他們利用而變節；一些工商界精英被他們欺騙，以為他們上臺之後，會善待民族資產階級；不少知識分子看了新華日報上的社論，相信他們會在中國實行民主制度；1948年前後他們靠統戰策略似乎贏得了各方面的支持，這對國民黨的確是重大的打擊，這一招取得的成果，不亞於戰場上的勝利。然而，中共從來都是言而無信，為達目的不擇手段，一旦成功便隨時翻臉不認人，把所有的諾言都拋諸腦後，好像他們從來都沒有講過，臉皮之厚賽過城牆。那些開始信任並擁護他們，之後在歷次政治運動中又被他們整肅的人們，對此有著最深刻的體會，可悲的是他們連吸取教訓的機會都沒有，多數在毫無思想準備的情況下，被扣上各種帽子，一戴就是幾十年，甚至含冤帶恨而逝，一切都悔之晚矣。

　　在處理港澳臺問題上他們亦廣泛使用統戰這個「法寶」，首先是挑撥離間，令社會逐漸撕裂分化，進而對不同的社群遊說利誘，極力拉攏收買人心。如今香港的狀況已有目共睹，什

麼一國兩制，港人治港、高度自治，什麼五十年不變，統統是他們騙取港人信任的權宜之計，其實每天都在變，變得香港越來越「一國」，「兩制」則越來越淡化變質，甚至連遊客都能感覺得到香港越來越像大陸了。

一場雨傘運動更暴露了中共及其在港走狗的猙獰面目，現在香港不僅失去了言論自由，真普選訴求更被政俯視作禁忌，民主派遭到日趨嚴厲的打壓，甚至內地執法人員可以肆無忌憚進入香港，任意綁架異見人士，銅鑼灣書店事件就是明證。政治上如此，經濟上香港已成為內地貪得無厭的巨富們洗黑錢、轉移資金、投機倒把、巧取豪奪的地方。有背景的紅二代官二代紛紛湧入，大發其財，搶購豪宅，炒高了樓價，而無數一般的香港市民，則連一間自住的樓房都買不起，僅兩百多呎的小單位竟要賣三百多萬，怪不得近日不少港人又在考慮移民了。

目前臺灣尚未成為中共的囊中之物，他們自然更要使盡統戰法寶，在經濟、政治、心理等各個層面加緊施加影響，民族主義就是他們常用的工具，什麼血濃於水，什麼兩岸一家親等等，一時間甚囂塵上。各式五毛[15]以旅遊、探親、通商、學術交流、和派交流生等種種名義進入臺灣，煽風點火，大造輿論，挖空心思滲透到各陣營的內部，司馬昭之心昭然若揭，他們無非想通過欺騙迷惑，威逼利誘等手段吞併台灣。元旦習近平的告台灣同胞書，一方面說什麼中國人不打中國人，一方面又說不會承諾放棄武統，並再一次極力兜售臭名昭著的一國兩制，這迫使國民黨都得再次宣稱九二共識重要的是各自表述，

15　五毛是中國大陸網絡評論員的貶義別稱，他們經培訓、受僱發表擁護黨中央的內容，監察及圍攻網上批評政府的聲音。五毛稱號係諷刺這些網評員每發一文能賺五毛錢。

並不是一國兩制。不過,也不能說中共的統戰策略毫無成效,臺灣有些人的嘴臉不已經變了嗎?確有人欲改弦更張,適應所謂的新形勢。而且五星紅旗不已在台灣某些地方的上空高高飄揚了嗎?似乎臺灣已經是他們的地盤了。但絕大多數熱愛自由、民主,崇尚普世價值的臺灣人民,是不會喪失警覺的,他們懂得珍惜經多年努力爭得的民主制度,深知如果讓中共的陰謀得逞,香港的今天將是臺灣的明天。正如有人說:「一隻自由的小鳥一旦被關進了籠子,就插翅難飛了。」好好一個自由民主的臺灣,為什麼要成為專制獨裁國家的一部分?如若真的這樣,那麼,美麗的寶島臺灣,將會有什麼樣的未來呢?

今天中共的狼子野心之大已經超出國界,他們的統戰對象遍及全世界,幾十年來,歐美許多中國問題專家成了他們的主要目標,像斯諾這樣的人物,各國都有,他們聽信了中共的宣傳,誤信他們在經濟發展之後就會走上民主轉型的正途,結果怎麼樣,恰恰相反,近二十年間,趁他們的真實動機未被世人察覺的機會,通過強制技術轉讓,盜竊科技情報,侵犯知識產權等卑劣手段,實現他們所謂大國崛起的目的。可是就算經濟有了發展,他們並沒有改邪歸正,反而變本加厲地對內實施高壓維穩,對外大搞金錢外交,積極向外擴張,那一帶一路,就是他們達此目的的一招。他們一心妄想把所謂的中國特色社會主義,即獨裁腐朽的模式向全球推廣,擾亂世界秩序,達到稱霸的目的。幸而最近兩年民主國家終於發現了他們的企圖,開始提高警覺從各個方面予以抵制。有些較落後的國家也識破了中共的偽善面目,逐漸抗拒他們一帶一路的策略。看來他們的統戰法寶不那麼好使了,現在已開始被世人拒絕唾棄,將來勢必被徹底扔進歷史的垃圾箱。

中篇小說

夢斷京城

一

　　秋天是北京一年中的最佳季節，對於秋高氣爽這四個字，北京人體會最深，不管這一年的夏天有多熱、多悶、多潮濕，只要一立秋，感覺立刻不同，皮膚不再粘粘呼呼，渾身都清爽了，連喘口氣都痛快得多。蔣桃麗很喜歡北京的秋天，每天幾乎都是陽光明媚，但並不熱，一陣秋風吹來，心情格外舒暢。可是今年這個金色的秋天，她卻開心不起來，本來爸爸媽媽說好立秋以後要到北京來看她，所以這個暑假她沒有回上海，八月以來日盼夜盼，就盼著爸爸媽媽的到來，想趁沒開學的時候，多陪他們四處走走。

　　在北京呆了快兩年了，她對這個城市已經比較熟悉，早就計劃好要陪他們去長城、頤和園、故宮、北海、景山、天壇等旅遊勝地逛逛，還想帶他們去全聚德吃北京烤鴨，到東來順涮羊肉，去東安市場看北京的各色特產。一家人已經好久沒一起玩了，想到這些，她真是急不可待，天天掰著手指頭數日子，好不容易等到了立秋，下星期他們就要來了。萬沒想到昨天一位遠房姑姑從上海出差回來，給她帶來了一個口信，說她爸爸媽媽暫時不能來北京了，也沒講什麼原因，她很納悶，問姑姑他們的身體怎麼樣？她說看上去不錯啊，那為什麼變卦了呢，姑姑也不清楚。

　　自從爸爸工作的那間外國公司撤走之後，他一直沒有工作，只是在家裡幫人家翻譯一些文章，除此之外就是在教會做義工；媽媽在圖書館工作也不會忙得走不開的呀，是什麼使他們改變了計劃呢？她知道爸爸媽媽是很想念她的，而且總想

來看看她就讀的這個舞蹈學校的學習環境如何，爸爸曾答應過她，在這裡學習一段時間之後，送她去法國深造。去年寒假她回上海的時候，爸爸還說過要想辦法先讓她去香港探望外婆，然後再從香港去法國，不過他囑咐她，不要跟任何人說起這件事。現在一年過去了，不知爸爸是如何安排的，這次她正想趁他們來北京時問問呢。

老實說，她覺得在這裡接觸的劇目不夠多，能學到的東西已經很有限了。雖然聽說將來會有蘇聯專家來，但他們是俄羅斯學派，跟她在上海的法國老師教的未必一樣，她渴望到法國去學習更多的東西，為什麼在這關鍵時刻爸爸媽媽不來了呢？昨天發出的信最快也要下星期到上海，等他們回信起碼得一個星期之後，哎！真急死人了。算了，急也沒用，不想了、不想了。

這是個星期天，下午五點鐘她要去火車站，接從香港回來的陸含笑。老同學多年沒見，現在含笑也來北京上大學了，她非常高興。這些年在學校她沒有什麼要好的朋友，不像小時候她們四個小同學的友誼那麼純真，那時她們說她是尖嘴姑娘，叫她小辣椒，那是一種愛稱。可是到了這裡，同學間客客氣氣，卻少了一種親切的幽默感，開始她很不習慣，後來還發現玩笑是不能隨便開的。有一次她跟馮小蘭開玩笑，說她那張圓臉比臉盆還圓，馮小蘭不但沒笑，還很生氣，兩天都沒搭理她。過了幾天馮小蘭笑她不會洗衣服，像個千金小姐，分明是譏諷她，此後她認真地學習用搓板洗衣服，不想別人取笑她。

也許因為她的家庭背景和大多數同學不同，也因為她的性格和生活習慣跟別人格格不入，總之在這裡她覺得沒有在小學的時候那麼快樂。老師對她倒還不錯，由於她在上海從小就學

芭蕾，比起其他同學，水平顯然高得多，加上她會彈鋼琴，音樂素養好，跳起舞來節奏感和樂感都非常棒，身材和形象又很突出，老師們都覺得她是一塊跳芭蕾舞的好材料，可造就為第一女主角，加上她很刻苦努力，老師們比較喜歡她。可是老師越欣賞她，同學們就越疏遠她，這她倒不在乎，只是到了週末，人家三三兩兩一起上街去玩了，剩下她一個人在宿舍不免有點孤單。這回好了，含笑來北京上學，她就有伴了，所以今天她本來很高興要去接含笑，可是昨天得悉爸爸媽媽不能來北京，弄得她有點心緒不寧。

下午四點不到，桃麗來到了北京前門火車站。當她走入大堂，正好有一列火車到站，許多人從閘口出來。她閃到一旁，準備等人走了以後，去指示牌看看含笑的火車停在哪個站臺，忽然有人在她的背後叫她的名字：「蔣桃麗！」

她一回頭，看見爸爸在美國留學時的同學蕭劍光叔叔迎面走來。

「蕭叔叔，好久不見了。」

「小辣椒，你小學畢業就來北京了，還考上了舞蹈學校，對吧？」這調皮的小女孩，一轉眼已長成美麗的窈窕淑女了，蕭劍光頓感時光飛逝，念及青年時期的同窗好友蔣頌恩，內心不禁黯然。

「您怎麼知道的？」

「你爸爸告訴我的呀。」

「您怎麼來北京了？」

「我是來開會的。你來火車站幹什麼？」

「我來接陸含笑。」

「哦。你是來接她的，我也是。」

　　列車即將進站，含笑早就站在車門旁。車門有半截是玻璃，她望著外面，只見一片片收割完了的麥田，正待收割的玉米地，一個個村落和一排排矮屋子，都被拋在後面了，眼前出現了一座古老的城門樓，京城已近在咫尺。列車開始減速，不一會兒北京站三個字映入眼簾。她的心情既興奮又有點不安，興奮的是經過長途跋涉，終於到達了目的地——祖國的心臟——首都北京，她人生道路的新起點。不安的是不知有沒有人來接她。她從香港回來升學，先去上海看了外婆，見到爸爸的老朋友蕭劍光叔叔。他正好要去北京出差，便托他通知在北京工作的大姐她到達的時間，不知道他有沒有聯繫上大姐，也不知道桃麗有沒有收到她的信？如果她們都不來接她，那怎麼辦？正想著，火車已經停了下來。她隨著人群往車門走去，忽然看見一張有點熟悉的面孔，「蔣桃麗！」桃麗就站在月臺上近車門的地方，高窕的個子一眼就能看到，含笑即時鬆了一口氣，急忙下車一把抱住了她，在這陌生的地方就像看見了親人一樣。

　　「桃麗，你長得更高、更美了。」

　　「含笑！」

　　「蕭叔叔您也來接我了。」

　　「我怕萬一你大姐沒空來，你人生地不熟的。」

　　「真謝謝您，蕭叔叔。」

　　「含笑，你也長高了，不過還胖了些，我都快認不得你了。」桃麗親熱地挽著她的手。

　　「七年了，我是1948年去香港的，整整七年了呀，太好了，咱們又在一起了。」

　　「是啊，我就等著你來呢。」

「我還怕你暑假回上海去，沒收到我的信呢。」

「蕭叔叔，您什麼時候開完會回上海？」桃麗問。

「下星期。」

「那如果您見到我爸爸媽媽，請幫我問問，他們怎麼不來北京了。」蕭劍光見她失望的樣子，同情地看了她一眼，好像想說什麼，但只說了「好的。」便轉身對含笑說：「含笑，你入學後，我會去戲劇學院看看你的。」

「誒。」

「那我先走了，一會兒還有點事情，你們倆好好聊聊。桃麗，你告訴她怎麼坐車去她大姐家。」

「我會的，您放心。」

「那再見了，蕭叔叔。」含笑說。

蕭劍光走後，含笑高興地問：「你怎麼樣？如魚得水一定很開心，一切如願。」

「我？也不見得……」

含笑覺得奇怪，正想問她，聽見背後有人叫她。

「含笑、含笑，你到了，哎呀，我們遲到了。」

「大姐！」

含玉興奮地跑過來端詳著妹妹：「五年沒見，含笑你長高了。來，認識一下，這是你姐夫徐春生。」一個中等個子，戴眼鏡的男人向她伸出手來，「歡迎你回到祖國來。」一句像外交辭令的話，使含笑不知說什麼好，只好跟他握了握手。

「累不累？」大姐摸摸她的臉，還是那麼親切，可是見她一身藍色的人民裝，齊耳朵的短頭髮，卻又感到有點陌生。

「這是？」大姐問，「蔣桃麗呀，她在舞蹈學校學習。」

「哦，蔣桃麗，你長大了。你們老同學又見面了，多開心

啊。含笑你坐了兩天火車夠累的，咱們快回家休息休息。」又對蔣桃麗說：「你也到我們家去坐坐吧。」

「不了，改天吧，等含笑安頓好了以後，我們再聯繫。」

「那好。對了，你爸爸媽媽怎麼不來了呢？」含笑問。

「誰知道。」

見桃麗不大開心，想問她怎麼回事，大姐和姐夫已經在幫她拿行李了，她只好對桃麗說：「我會去找你的。咱們再慢慢聊。」

「好的，再見。」桃麗擺擺手走了。

大姐家有裡外兩間套房，一大一小，這個單位裡的另一個房間住著另一對夫妻，是徐春生的同事，兩家共用一個廚房和廁所。看見他們回來，那個女的似乎很熱情，「把妹妹接回來了？大老遠的從香港來，很累吧？」

「還好。這是你姐夫的同事，老張。」

「你好。」

「怎麼樣？這裡沒有香港繁華吧？」

「不知道啊，我才來。」含笑發覺那個女的注視著自己的目光，好像在看一種稀有動物似的，讓人有點不自在。

吃過晚飯，大姐為含笑在外屋搭了一張行軍牀，「今天你很累了，洗一洗就早點睡吧，明早還要去學校報到呢。」

「明天你先得去派出所給她報個戶口。」

「不用吧，明天她就要搬去學校了。」

「你還是得去報告一下，現在是什麼時候啊？她是從香港來的麼。」含笑覺得有點奇怪，從香港來，怎麼啦？

晚上躺在床上睡不著，大姐怎麼沒提起我寫給她們的信，

也沒有問問媽媽和三姐含翠怎麼樣？含笑心裡有點別扭。現在媽媽和三姐不知在做什麼？下學期三姐要去港大住校了，媽媽一個人會很寂寞的，明天得趕快給她寫封信。可是我要不要告訴她已經見到大姐了呢⋯⋯？

「你這個妹妹有點個性，她怎麼一直不說話？大概還在生你們的氣吧？」

「人家剛到，累了麼。」

「你和含珠要好好跟她談談，對家庭得有個正確的認識啊。」

「等含珠從上海回來了再說。」

「別忘了現在正在搞肅反運動，香港回來的人特別引人注目，如果出言不遜就麻煩了。」

「行了，她一個學生有什麼引人注目的？」

「你沒看見那個老張一直盯著她看？」

「有什麼好看的，多事。」

「不過她的樣子是不同，你看她那個髮型。」

大姐把房門關上了，望著這黑洞洞的房間，含笑心裡更加不痛快了。

第二天早上含玉陪妹妹去戲劇學院報到，學院不大，聽說全校師生員工加起來不到五百人。教學樓旁邊是一排平房，都是排練室，對面的一排平房是琴房，教學樓後面是學生宿舍，一共四層樓，飯堂在一樓。含笑被分配到三樓走廊頂頭的那個房間，裡面有三張落架牀，住六個女生，同學們見她倆走進來，都好奇地打量著。「香港來的人特別引人注目。」想起姐夫這句話，含笑心裡有點不舒服，下意識摸了一摸自己的頭髮。

　　「咱倆是鄰居，你住樓上，我住樓下。」一個梳著兩條大辮子的姑娘笑著對含笑說。她這一笑，兩個眼睛像月牙兒似的，嘴旁的兩個小酒窩很深，像兩顆小紅豆兒，含笑覺得她挺招人喜歡的。

　　「我叫陸含笑，你呢？」

　　「我叫關紅玫，天津衛子。」她調皮地用很土的天津口音說這四個字。

　　一個胖呼呼的男同學走進來說：「我也是天津衛子，我叫雷震聲。」

　　「沒錯兒，他盡半夜打雷，嚇死人。」另一個四方臉的男同學說，大家哈哈大笑。忽然一個短頭髮的女孩神祕地把食指擺在嘴前：「噓！別吵，隔壁三年級的同學正在開小組會。」

　　「他們怎麼沒放暑假？」

　　「這不是在搞運動嗎？」

　　一聲巨響，好像有人在拍桌子，「你要老老實實交代，不要耍滑頭！」隔壁房間傳來一聲吼叫，嚇得大家面面相覷，「得了，咱們走吧。」有人小聲說。他們一個個悄悄地走了出去，含笑感到愕然，她扯了一下大姐的衣袖，輕輕地問：「這是怎麼回事？」

　　「你別管這些。」含玉幫含笑整理好牀鋪，擺放好了隨身行李，就要走了。含笑送她走出校門口，大姐神情嚴肅地小聲說：「現在全國在搞肅反運動，不了解的人你不要跟他們說什麼，除了本班的同學，其他的人不要接觸，週末就來我們家好了。」

　　「我還要去找桃麗呢。」

　　大姐好像沒聽見似的，「二姐去上海出差了，下星期就會

回來，到時候我們再好好商量一下你的事，現在我要趕著去上班。」說完急急忙忙走了。「商量我的事？我有什麼事啊？」含笑不明白大姐在說什麼。

週末一過，明天就要開學了，從同學那裡含笑得知除了一年級的新生以外，全體師生員工都沒有放暑假，一律留校參加運動，人人都得交代自己的問題並揭發他人，含笑不明白，她想，每個人都有問題要交代嗎？奇怪！

第二天早上吃飯的時候，發現飯堂裡沒人交談，原來各班之間是不准串聯的，大家都悶頭吃飯。

大喇叭裡播放著新聞，都是些有關肅反的消息。什麼某某機關破獲了一起反革命案件；什麼在通向港澳關口的附近，抓到了打算逃亡的疑犯；什麼上海一批披著宗教外衣的外國間諜及其走狗被一網打盡；什麼從香港潛入的臺灣特務被當場抓獲等等。聽得含笑怪緊張的，在這種氣氛下一年級的新生也不敢說話，沒有廣播的時候，飯堂裡一片寂靜。

開學典禮上黨委書記講了話，重申要把運動徹底進行到底的決心，並聲言鬥爭已即將取得全面勝利，大家決不能鬆懈；新同學也應急起直追，首先要寫好自己的自傳，對黨忠誠老實，同時也要毫無保留地把自己知道的情況向黨報告，所以第一個星期一年級也不上業務課，專時專用寫自傳和揭發材料。

含笑想我才十九歲，除了上學還是上學，有什麼好寫的，至於揭發，回來還不到兩個星期，根本不了解國內的情況，又有什麼好揭發的呢？她咬著筆桿，不知道寫些什麼好，除了把自己曾經在哪個學校讀書寫一寫之外，真不知道該再寫些什麼，還有好幾天呢，坐在教室幹什麼好呢？

一個梳兩條短辮子的女同學叫李亮，走了過來對她說：「陸

含笑，咱們到院子裡去走走好嗎？」含笑跟著她來到操場。

「你是不是不知道怎麼寫啊？」

「是啊，我的經歷很簡單，其他情況我又不了解，所以沒什麼好寫的了。」

「沒什麼好寫？不，自傳除了寫自己的經歷，還要講清楚家庭的情況，包括家庭的社會關係。」

「噢，什麼是社會關係？」

「社會關係就是親戚朋友。」

「不過我剛回來，沒多少朋友，所以沒什麼好寫的呀。」

「那不見得，你可以把你接觸過的人中，有什麼可疑現象講出來麼，家庭情況和你家裡跟哪些人有來往，就是社會關係，也需要寫啊。」

含笑心想：跟家裡來往的人可多了，怎麼寫？我哪裡知道大人的事。

「慢慢想，總之只要對黨忠誠老實，你就不會遺漏什麼。還有好幾天呢，你再好好想想，雖然我們是新生，也應該積極參加這場關係到國家安全的運動，對嗎？」

含笑只好點點頭。後來關紅玫告訴她，李亮和湯勇是班上僅有的兩個黨員，他們都是復員軍人。

星期六上午，含笑把所寫的東西交了上去才鬆了口氣。她想，這真比考大學還難。

正想利用週末的時間去找桃麗，沒想到下午桃麗倒先來找她了。她倆漫步走到附近的北海公園。也許是因為搞運動的關係，這裡人不多。天氣非常好，不冷不熱，秋風徐徐吹來，令在學校憋了一週的含笑，感到身心都舒展了。可是桃麗卻悶悶不樂。

「你爸爸媽媽還來不來？」

「不一定呢。你怎麼樣？習慣嗎？」

「生活上倒沒什麼，不過學校裡在搞運動，大家都不怎麼說話，怪悶的。」

「我們也一樣，不過聽說運動快結束了，也該上課了。」桃麗帶含笑來到一家叫仿膳的館子，叫了一碟栗子做的小窩窩頭之類的小吃，喝著茉莉花茶。「北海很美，那邊是五龍亭，後面還有個九龍壁，回頭我帶你去看看。」

「怎麼僅是龍？」

「皇帝就喜歡龍麼。」

「桃麗、含笑！」

「咦，蕭叔叔，你怎麼也來了？」含笑問。

「我去學校找你，他們說你跟一個朋友去北海了，所以我就走過來找你們。」

桃麗去再拿了個杯子，「蕭叔叔請喝茶。」

蕭劍光瞧著她真有點不忍心，不過心想這小辣椒畢竟長大了，應該能沉得住氣吧，他慢慢地喝著茶，過了一陣才說：「桃麗，我來是想告訴你為什麼你爸媽不來北京了。」

桃麗急切地問，「您知道？那為什麼呀？」

蕭劍光又喝了一口茶，停頓稍頃，才慢慢地說：「桃麗，答應我，你千萬不要激動……」

「怎麼了？您快說呀！」

他環顧左右，湊近桃麗輕輕地：「我聽說你爸爸可能有點麻煩。」

「什麼？他有什麼麻煩？」

「我來之前聽一位朋友說起，你爸爸正在接受審查，暫時

不能離開上海。」

「怎麼會的？！他有什麼問題？」

「不要急，聽蕭叔叔講麼。」

「我到了這裡才聽一位也是從上海來開會的朋友講的，你爸爸可能牽扯到天主教的一件案子裡，所以正在接受隔離審查。」

「審查？隔離？！什麼意思？」

「隔離就是暫時不能回家。」

「啊？！我爸爸被關押了？他到底怎麼了？」桃麗急得都快哭了。

「詳細情況她也不清楚，你先別急，再等等，也許會搞清楚的。」

桃麗像呆了似的，滴滴眼淚掉了下來。含笑忽然想起那天廣播裡提到披著宗教外衣的間諜，心裡也害怕了，「桃麗、桃麗！先別哭。」含笑拉著她的手擔心地望著她。

桃麗哽咽地：「不能回家，那不等於坐牢嗎？」

蕭劍光安撫她：「不是坐牢，現在全國都在搞肅反運動，不少人都被隔離審查，等搞清楚問題之後，可能就可以回家了。」

「我爸爸只是信教，信教又不犯法，為什麼要隔離審查他？不行我要請假回上海問清楚，我媽媽一個人在家怎麼受得了？」說著她騰的站起來要走。

蕭一把拉住了她，「桃麗，你現在不能回去。那位朋友跟你媽媽是認識的，她讓我告訴你，你媽媽叫你千萬不要去信，更不要回去。」

「為什麼？我是他們唯一的女兒，我不能不管。」

「現在還不知道你爸爸究竟是什麼問題，你這樣脫離運動跑回去，既幫不了他們，對自己也不好，你得考慮後果。」

含笑也說：「桃麗，冷靜一點，再等等吧。」

「那您在上海聽到過些什麼？到底是什麼案子？」

「我在上海的時候，只聽說天主教教區出了問題，不過還不清楚具體細節。我想你們組織上會告訴你的。」

「那星期一我就去問學校。」

「桃麗，還是耐心點好，最好等他們找你，不管聽到什麼，你都要冷靜，千萬不能衝動。」蕭劍光囑咐她。

好像天都塌下來了，桃麗目光散亂，神情茫然，含笑從未見過她這副模樣，好心疼。桃麗沒有情緒再坐在這裡喝茶了，她要回學校去。

含笑和蕭叔叔把桃麗一直送到公共汽車站，蕭劍光雙手按著桃麗的肩膀鄭重地說：「過幾天，我就要回上海了，有消息的話我會告訴你的。你自己當心，有什麼話就跟含笑講講，千萬別跟其他人流露你的情緒。」

一輛公共汽車進站了，含笑對桃麗說：「上車吧，我會去看你的。」桃麗含著眼淚點點頭。

看著桃麗上了車，車開走了，含笑問：「他爸爸的問題是不是很嚴重？」

「恐怕是，聽說上海天主教的一個主教已經被抓起來了。」

「是嗎？為什麼？」

「說什麼跟外國勢力有關，不過你先不要跟桃麗講，還是等組織上找她談好些。」

含笑覺得好可怕。「含笑，你才回來，凡事都要謹慎。」

「我知道。」兩人默默地走了一會兒,「蕭叔叔,我的同
學張青雲跟蕭逸哥哥交朋友,相處得挺好的吧?」

「青雲這孩子不錯,她很溫順,對蕭逸一心一意的。」

「她是挺可愛的,您跟夏萍阿姨都喜歡她,那太好了。」

「蕭逸有可能去蘇聯留學,他倆打算國慶節來北京玩,找
歌劇院演《茶花女》的張清泉老師聽聽他唱歌,給他提點意
見,我們跟張老師在美國就認識。」

含笑聽了這消息稍稍高興了一點:「那太好了,我們又可
以見面了。」

第二天含笑去大姐家,坐在車裡一直在想昨天蕭叔叔說的
那番話,「如果桃麗的爸爸真有嚴重問題,她就得跟他劃清界
限,就像姐姐她們對爸爸那樣,這她能做得到嗎?」含笑知道
桃麗是獨生女,是她爸爸的寶貝。她曾經講過四五歲的時候,
她爸爸還常趴在地毯上當馬,讓她騎在背上,她拿條圍巾當鞭
子抽著、叫著:「呷,呷!」她媽媽在一旁笑個不停。含笑見
過她爸爸,一個虔誠的天主教徒,美國留學生,能講流利的英
語,像個外國人,對人很和藹,小朋友去他們家玩,他總是熱
情地招呼大家,逗他們玩,挺會講笑話的,這樣的人怎麼會是
壞人呢?真不明白……想著、想著,發現都坐過站了,她趕快
下車往回走。

走進含玉的家,看見裡面站著一個一身軍裝的女解放軍。

「含笑,你看誰來了?」

「含笑,你終於回來了,我昨天晚上才從上海出差回
來。」看著眼前這個女軍人,跟原來愛打扮的二姐怎麼也對不
上號。她頭髮剪得比大姐還短,一頂軍帽扣在頭上,真有點像
個男的,她猶猶豫豫地叫了一聲「二姐。」

大姐問：「你怎麼昨天沒來？我們都等你呢。」

「蔣桃麗來找我了。」

含珠問：「蔣桃麗？就是你小學時的同學？那個小天主教徒？」

「是啊。」

「含笑，她父親出問題了，你跟她來往，講話得注意點。」

含笑很詫異：「你怎麼知道的？他出什麼問題了？」

含珠看了妹妹一眼，沒有回答，端起杯子喝了一口茶。

「二姐你快說呀。」

徐春生在一旁慢吞吞、冷冰冰地接著說：「打成反革命了。」

「啊！怎麼會的？」

含玉也問：「含珠，怎麼回事？」原來含珠已經入了黨，這次因接受了有關肅反工作的任務去上海出差的。

「我們組不是直接管他的案件，不過涉及這個案件的一份英文文件的翻譯稿，領導讓我幫著覆核過。含笑，總之這是上海目前的一個大案子，已經結案了，蔣桃麗的父親蔣頌恩雖然不是為首的，但也是反黨叛國集團的成員。」

「反黨叛國？！那，現在怎麼樣？」

徐春生說：「當然要判刑。」

「哎呀，桃麗還不知道呢，她會急死的，我得去找她。」

「含笑，你不能去，他們組織上會告訴她的，不能由你告訴她。」

「我不告訴她好了，她說要去問學校，也許現在她已經知道了，我要去安慰安慰她。」

　　徐春生嚴肅地問：「你怎麼安慰她？你明白應該怎麼對待這個問題嗎？」

　　「含笑你回來不久，許多事情你還不懂，你先得把自己的思想縷清楚，才能夠幫助朋友。你們學校也在搞肅反，這個星期學校讓你們做什麼？」含珠問。

　　「寫自傳。」

　　「那你寫好了沒有？」

　　「寫好了，都交上去了。」

　　「你寫了些什麼？」

　　「寫學歷，寫經歷，本來很簡單，可是……」

　　「可是什麼？」

　　「我們班的李亮說還得寫什麼社會關係，那不就寫你們麼，寫我幾個同學咯，她說還得寫家庭的社會關係，那可多了，怎麼寫？我又不清楚，我沒寫。」

　　「你怎麼可以不寫？你也不跟我們商量。」

　　含笑瞪了徐那滿臉粉刺的臉一眼，「商量？我能出來嗎？」

　　「不要緊，含笑，學校可能會讓你補充的，你再好好寫一寫。」含玉說。

　　含珠胸有成竹似的，「來，坐下，自從1950年我們離開香港之後，有五年多沒見了吧？也該好好談談了，你寫來的信我們看過了，對於父親的問題，我知道你想不通，這也難怪，不過凡事你要站在黨和人民的立場來想。」

　　含笑賭氣地說：「爸爸怎麼了？他又不是反革命。」

　　「雖然他不是反革命，不過他是官僚資產階級，是三座大

山[16]之一。」

「那他這麼愛國，還為新中國做了許多事情呢。」含笑一副要辯論的架勢。

「那是大勢所趨，不得不如此，但過去他是為反動派服務的，在歷史上是有罪的。」

「那，他又沒去臺灣，一個人就不能改變，不能進步嗎？」

「可以，但必須認罪，他並沒有認罪。」

認罪？含笑火了：「他身體那麼不好，這些年一直在做對國家有利的事，你說，要認什麼罪？！周總理都表揚過他，還問他好呢。」

徐春生說：「那是他自己說的吧。」

含玉不滿地說：「那也不見得是假的。」

「行了，含玉你到現在還藕斷絲連，怎麼給妹妹做榜樣？」

含珠冷靜地說：「這種問題認識起來是很痛苦的，但我們既然參加了革命，這個關總是要過的。含笑，就算他做過一些好事，那也是黨的統戰政策的勝利，不是他個人的功勞，他的階級本性不會因此而改變，除非經過認真的，脫胎換骨的改造，然而，他已經沒有這個可能了。現在的問題是我們自己要徹底地跟反動階級劃清界限，不然你就不可能寫好你的自傳。」

「是啊，你應該把家庭的社會關係交代清楚，這樣一來你就可以看出你父親究竟是哪個陣營裡的人，不能只看他對你們

---

[16] 中共指帝國主義、封建主義、官僚資本主義為壓在人民頭上的三座大山，是人民的敵人。

如何，要看他們這個陣營對人民的態度是怎樣的。」徐春生振振有詞地補充著。

含笑一聽他說話就反感，她從書包裡拿出爸爸讓她帶回來的信，放在桌上，「這是爸爸臨終前給你們寫的最後一封信，是發著燒躺在病床上寫的，他一輩子做了些什麼都寫了，你們自己看吧，我走了。」

「誒，你不要走啊。」含玉拉著她。

「我還有事，你們看完再說。」她拿起書包就朝門外跑。

含玉急忙追出去，一邊走一邊說：「我去找她回來。」

「你看你這個妹妹多倔！」

含珠說：「算了，她從小就這樣，我們把這信看一看再找她談也好。」

含玉趕到樓下，見含笑正好上了一輛公共汽車，只好無奈地走回家。

「沒追上？」含珠問。

「嗯，你們對她不能這麼急，她才回來幾天哪？」

「可是現在形勢不等人啊，過兩天我就得回哈爾濱了。」

「我再找她談談麼。」

徐春生冷冷地：「哼，你找她談？你自己搞清楚了沒有？」

含玉道：「以後你最好少說點，你說多了只會起反作用。」

「好，好，你們家的事我不管，不過陸含玉，我可警告你，你一定得站穩立場！你們單位還正在查你在香港工作的情況呢。」

「我在香港只不過當了幾天打字員，有什麼問題？你也不信任我嗎？」說完含玉氣得進了裡屋，含珠向他擺擺手也跟著

進去了。

　　徐春生一個人站在那裡生悶氣，心想：「我為你們好，還衝我來，真不知好歹。」徐是含玉大學裡的同學，這個農民的兒子能追上含玉這樣美貌溫柔的女子，一直感到心滿意足，可是自從含笑給兩個姐姐寄來了那封報喪的信，含玉在被窩裡大哭了一場，他批評了她，她就變得鬱鬱寡歡。接著肅反開始了，他們單位的領導要她好好交代在香港做事的情況，她感到很委屈，回家不免發牢騷，「我因為爸爸病重，一大家子開銷大，作為大女兒總想為家庭分擔一點，才跑出去做打字員，沒幹幾個月就回來上大學了，這就說我在外面做過事，比別人複雜，就得在肅反中交代，真是冤枉。」徐春生聽了卻很不高興，說她經不起考驗，還怎麼入黨？含玉更加委屈了，「在單位無緣無故被人家懷疑，回家還得聽你教訓。」她覺得他完全不懂她，在她最需要支持的時候，一點溫暖都沒有，夫妻倆這陣子搞得很僵。

　　含珠從裡屋出來：「我走了，你們不要鬧別扭，大姐這陣子心煩，多體諒點吧。」

　　徐嘆了一口氣：「好吧。」

二

　　蔣桃麗好不容易熬過了一個星期天，今天她一定要去黨支部問個明白。早上她比所有的同學都起得早，鋪牀的時候可能吵醒了睡在上鋪的馮小蘭，她挺不高興。桃麗洗完臉回來，其他人正準備起牀。

　　「馮小蘭，請你不要把你的褲子掛在我頭上好嗎？」

「那你讓我掛哪兒？」

「你不可以放在你自己腳那邊嗎？」

「喲，你真講究啊，大小姐。」

桃麗沒好氣地說，「什麼大小姐，你尊重人一點好嗎？」

馮小蘭一下子跳下來，一把拉下掛在牀柱子上的練功褲，褲子幾乎打在桃麗的頭上。

「你幹什麼？欺負人啊？」

「誰敢欺負你啊？老師的寶貝，未來的大演員。」

「你幹嘛？總是諷刺人？」

「吃飽了撐的，大清早就找茬兒。」

「給你提意見就是找茬兒？」

「你這是沒事找事，吹毛求疵。」

桃麗心情本來就不好，平時聽了馮那些酸溜溜的話，都不愛理她，這會兒可實在忍不住了。

「如果我把褲子掛在你頭上，你會怎麼樣？」

一個同學在一旁勸說：「算了算了，你們別吵了，好不好。」

團委書記秦蓮香就住在女生宿舍旁邊，這時候正好走過。

「蔣桃麗，馮小蘭，你們倆為一點小事就吵，還不快收拾收拾，吃過早飯就要開會了。」

飯堂裡桃麗一個人坐在一個角落。她誰也不想理，只想趕快吃完飯去找黨支部書記，問她爸爸的事。

「蔣桃麗，你吃完飯到黨委去一趟，不用去開會了。」秦蓮香過來通知她。

「噢，秦書記誰找我？」

「黨委陳書記。」

同學們互相看了看，桃麗一走，馮小蘭對旁邊的同學神祕地說：「黨委找她。」

「不知道什麼事。」

「凶多吉少。」

「等著瞧吧。」

星期六下午青年團過組織生活的時候，秦書記曾提醒大家，隨著運動深入，可能涉及有些同學的家人，作為黨的助手青年團員要提高警惕，注意周圍的情況，也要幫助有問題的同學站穩立場，經受住考驗。這時候馮小蘭估計蔣桃麗的家人可能出了事，心想：「看你還神氣什麼？」

桃麗從黨委辦公室出來，心亂極了，幾乎撞到柱子上。

「蔣桃麗！你怎麼了？」桃麗擡頭一望，是舞蹈老師兼班主任潘風，這個老師平時最欣賞她，看見他，她忍不住流下了眼淚。

「你的臉怎麼煞白？不舒服嗎？快，我扶你去醫務所。」

「不，不，不用。」說完就跑了。

「你的得意門生有問題了。」潘風回頭看見秦蓮香站在他身後。

「什麼？她有什麼問題？」

「她家裡出了問題，她父親是上海天主教一個反革命集團的成員。」

「啊！怪不得她好像病了似的。那，這又不是她本人的問題。」

「那她也得跟家庭劃清界限哪。」

「唉，她還是個孩子呢，你好好幫幫她。」

「那當然，你們業務老師也不要光是抓業務，不然培養出

來的是白專尖子[17]，有什麼用？她父親的那個案子很嚴重。牽扯三十來個神職人員，三百多個教徒呢。」

「喲！這麼嚴重，究竟是什麼問題？」

秦見旁邊沒什麼人，心想讓他知道點也好，免得他犯糊塗。

「現在帝國主義勢力很猖獗，利用教會滲透到我們國家來進行破壞。所以上海成立了愛國天主教會，可是上海原來的主教公然拒絕參加，堅持要聽梵蒂岡的，還教唆教徒們抵制愛國教會，搞什麼不投降、不退讓、不出賣，實際上就是反對黨的領導，死心塌地要做外國勢力的走狗。」

潘風：「哦，那可麻煩了。」

「可不是嗎？」過了一會兒，秦忽然換了一種輕鬆的語氣：「下了班一起出去走走好嗎？」

潘風心不在焉地：「好、好。」他好像已經習慣聽從這個中學的老同學。

秦蓮香出身貧農家庭，在中學時是班長，很快入了黨，潘風入團時，她還是介紹人呢。潘風喜愛舞蹈，不久考進了歌舞團，後來又調到新成立的舞蹈學校進修，接著留校當了老師。秦初中畢業後就工作了，在市團委做機要工作，去年分配到舞蹈學校當團委書記，兩人成了同事。

潘風正在申請入黨，秦很樂意幫助他，潘風想，有個知根知底的老同學幫他，那是很有利的，兩人就接近起來了。但是潘風逐漸發現秦對他真的十分關心，經常從家裡給他帶些好吃的，有一次見他的練功褲鬆緊帶鬆了，還主動幫他換了一條。他心裡明白，老同學對他有點意思，不過，潘風熱愛舞蹈專

---

[17]　指只重視專業學習，不重視政治的業務尖子。

業，一心想找個同行，但他又不敢令秦難堪，因此總是若即若離，最近秦蓮香見潘對他班上的女學生蔣桃麗格外欣賞，而她也的確才貌出眾，秦的心裡隱隱有股酸味兒。

桃麗回到宿舍，大家開會還沒回來。她倒在牀上痛哭起來，「爸爸怎麼可能是反革命？他從小信仰天主，在教會裡做了許多善事，解放前他把祖上傳下來的家產，辦了一個教育基金，培養教會內好學上進的清貧子弟讀書，有的還被送往國外深造，沒有人不說他是一個大好人。自從他工作的外國石油公司撤走後，儘管收入少了，對教會的捐獻仍未停止過。為什麼現在這些都成了他的罪狀？什麼勾結外國勢力，抗拒黨的領導，資助地下教會，腐蝕青年，培養跟黨離心離德的人，為擴大梵蒂岡暗藏在中國的隊伍出錢出力。這還不是死罪嗎？怎麼會這樣的？天主啊！快救救爸爸吧！」

同學們開完會回到房間，見桃麗用被子蒙著頭躺在牀上，馮小蘭走過去推推她，「蔣桃麗，怎麼了？別這樣啊，快去吃飯，下午要開小組會，我們還等著聽你發言呢。」

桃麗掀開被子一下子坐了起來，兩隻哭紅了的眼睛瞪著馮，一聲不吭走了出去。

「你們看，她這是什麼態度？秦書記還讓咱們幫助她呢。」

「算了，她一下子還轉不過彎來。」

「她爸爸的罪行那麼嚴重，她還這個態度，不像話。」

「對她來說也許太突然了，她得有個認識過程呀。」

馮馬上接著說：「這不是個認識問題，這是階級感情，階級立場的問題。」

「好了，下午再說吧，走，吃飯去。」

下午的小組會上桃麗受到了嚴厲的批評，這個說她同情反

革命的父親，根本不想劃清界限；那個說她觸情緒太大，小小
年紀思想卻這樣頑固；馮小蘭更斥責她信天主教，不信共產
黨，如果她拒不交代，只有死路一條。連平常對她稍好一點的
同學也都勸她不要執迷不悟，趕快揭發父親的反革命罪行，跟
他一刀兩斷，不要做反動家庭的殉葬品。一個個的發言像隆隆
炮聲襲來，她的頭都快裂開了。

這時秦蓮香走了進來，「怎麼樣？蔣桃麗，同學們給你提
了這麼多意見，你有什麼要說的？」

桃麗低著頭，強忍住氣說：「我，我沒想好⋯⋯」

「同學們，不要急，給她一些時間。蔣桃麗，這事情對你
可能是突然了一點，你要好好想想，首先要揭發你父親，把你
所看到聽到的可疑跡象都講出來，下決心跟反動家庭劃清界
限，那麼你才有前途，不然你就會毀了你自己。」

「是啊，坦白從寬，抗拒從嚴，拒不交代，死路一條！」
馮小蘭像喊口號似的在一旁助威。

晚上同學們發現桃麗沒去飯堂吃飯，宿舍也沒人，便向秦
報告，秦讓她們分頭去找，同學們正好碰見潘風老師，他也正
在找她。

「她會不會去了練功室？」有個同學說。

「不會吧，這時候她哪有心思練功。」潘老師皺著眉頭
說，並問：「圖書館呢？」

「找過了，沒有。」

「澡堂呢？」

「也沒有。」

潘風著急了：「那會去哪兒呢？天都快黑了。」

一個膽小的女同學說：「她該不會⋯⋯」

馮小蘭說：「你說她會自殺？才不會呢，準是躲起來嚇唬人。」潘風忽然好像想到了什麼，立刻往外跑。

秋天的黃昏已經有點冷了，加上天色已晚，學校附近的陶然亭公園此刻冷冷清清，沒什麼遊人。潘風叫喊著：「蔣桃麗！蔣桃麗！」沒人回應，昏暗的燈光下，什麼也看不清，他只好一直往裡走，向四面張望。

桃麗不想再看見那些冷冰冰的面孔，不想聽馮小蘭兒巴巴的叫喊，整個學校竟然沒有一個角落可以讓她靜一靜。她兩眼發直地往前走，一直走出了校門，走啊、走啊，不知不覺來到了陶然亭公園。暮色中這裡靜悄悄的，只聽得風掃落葉的聲音斷斷續續，她信步走到了湖邊，望著平靜的湖面卻心亂如麻。如果這時候能跟含笑談談也好呀！可是不知道自己該不該去找她，她剛剛回國，他們學校也在肅反，會不會給她帶來麻煩呢？遠房的姑姑膽小怕事，絕不能找她。桃麗忽然感到天下之大，竟沒有一個人可以幫自己，從小到大從未這樣孤立無助，想到這裡不禁傷心地哭了起來。

「蔣桃麗，你果然在這兒。」

「潘老師。」

「你怎麼一個人跑到這裡來了？快回去吧，大家都在找你。」桃麗搖搖頭。「蔣桃麗，逃避不是辦法，再大的問題也得面對呀，不要想不開。」

桃麗還是一個勁兒地哭。「我知道這種突然的打擊，對於你這麼年輕的同學是很難承受的，可是我們必須學會面對，你有什麼想不通的地方，儘管跟我講，不要一個人悶在心裡，講出來也許我可以幫你分析分析。你是不是想不通你爸爸怎麼會這樣？你覺得他變成一個反革命是不可思議的，對嗎？」桃麗

默默地點點頭。「是的，要認識自己的父親很困難，我也有過這樣的經歷。」桃麗擡起頭來看著他，「我父親在國統區[18]當過偽警官，鎮壓反革命的時候他也被審查，那時我還在中學唸書，一下子懵了，後來在團組織的幫助下，我開始覺悟，認識到他雖然是我的父親，卻是人民的敵人，我應該站在人民一邊，跟他劃清界限。」

「那，您有沒有揭發他？」

「我那時太小，他的事情我不大了解。」

「我也是啊，我怎麼知道我爸爸的那些事呢？我小學畢業以後就來了這裡。」

「你了解多少講多少，最重要的是你要相信黨，黨是不會冤枉一個好人的。」

「我不明白為什麼捐錢給教會，幫助人家也是錯的。」

「你太年輕，不懂階級鬥爭有多麼複雜，你以為信教的都是好人嗎？不，現在帝國主義勢力，就是利用教會滲透進來進行破壞。你爸爸是裡面的中堅分子，他捐錢為什麼不捐給愛國教會，偏要捐給那個地下教會？那麼你怎麼知道他們用這些錢去幹什麼？蔣桃麗不要那麼天真，不要因為他是你的父親，你就不敢正視事實。」

桃麗聽了他的話覺得更恐怖了，她曾聽見爸爸發過牢騷，說政府什麼都要管，教會有教會的系統，怎麼可以用行政手段來管呢，這是干涉人家的信仰自由。但是那時她並不在意，也不大懂，現在想想，他真的有可能抵制那個愛國教會的。她知道爸爸在信仰問題上很執著，可是他絕對不會幫助外國勢力來

---

[18]　國民黨統治地區。

破壞自己的國家。

「我爸爸最多只是被人利用。」

潘風感到桃麗的腦子有點鬆動了，便趕緊趁熱打鐵，「總而言之你要相信黨是掌握了充分證據的。」

桃麗驚恐地問：「那，您說我爸爸會不會被槍斃？」

「這就要看他的情節有多嚴重了，除非罪大惡極，一般不至於吧，所以他一定要坦白。我們黨一貫的方針是坦白從寬，抗拒從嚴，你現在應該說服你爸爸徹底交代，爭取寬大處理。」

見桃麗沉默不語，潘風把口氣變得更緩和了：「蔣桃麗，你還年輕，以後的日子還長著呢，在跳舞方面，你有天分、有條件，老師們對你的印象都很好，就像秦書記跟你講的，千萬不要毀了自己的前途。」潘風見桃麗不反駁，覺得她似乎有點明白了。緊接著說：「要知道沉舟側畔千帆過，難道你要把自己綁在一艘註定會沉沒的船上嗎？只要你能跟家庭劃清界限，你依然可以在芭蕾舞的事業中揚起風帆。」

桃麗擡頭望著夜空，迷濛的月亮從覆蓋著的雲層中探出頭來，旁邊不遠處還閃爍著一顆特別明亮的星。她想起小時候爸爸常帶她在院子裡數星星，他總愛指著那顆明亮的星說「這就是你，Dorothy。」現在彷彿爸爸就在身邊，正注視著自己。她心裡雖然充滿憂傷，卻又深藏著不可壓抑的夢想。

她永遠都不會服氣，她不能就此倒下去，掉入無底的深淵。她不能讓馮小蘭這種人幸災樂禍，她必須挺過去。對著明月和星星她發誓，她一定要成為芭蕾舞台上的一顆明亮的星，所有的人都不敢小看她，她要大家都羨慕她，甚至嫉妒她；她要讓陷入無限痛苦的父母，為她的成就感到安慰和驕傲，這對

於他們，是她唯一可能作出的報答。她要讓爸媽晚年過上好點的日子！她深信自己的實力，只要不在政治上被打壓下去，她一定能有出頭之日。

潘風見她似乎平靜下來了，便關懷地問：「你晚飯都沒吃，餓了吧？」她搖搖頭，「幹我們這行，身體是本錢，走，我帶你去吃碗餛飩吧。」桃麗覺得潘老師真體貼人，只好站起來跟著他走出了公園。

學校旁邊有一家小飯館，潘風進去買了兩碗餛飩，兩人正吃著的時候，秦蓮香和另一個團委女幹部走了進來，「咦，你們在這裡，蔣桃麗，你上哪兒了？同學們滿處找你呢。」

「哦，她在院子裡走走，她還沒吃晚飯。」

「你看，他真是模範班主任。」秦對那女幹部笑著講。潘風有點尷尬。

桃麗吃完站了起來，「潘老師，秦書記，我先走了。」看著她走了，潘風挪到秦她們的桌子旁。

「我跟她談了談，有點開竅了。」

「謝謝你呀，業務老師也幫我們做思想工作呢。」秦又以開玩笑的口吻說，過了一會兒她收起了笑容：「那明天開會就看她怎麼表現了。」

「對年輕人還是要耐心啟發，不能性子急。」

「你放心，我會的。」秦知道潘風經常說她性子太急，她忽然變得很溫和。女幹部感覺他們倆的關係有點不一般，吃完後，很知趣地先走了。

潘風和秦走回學校的時候，秦輕輕地說：「走那麼快幹什麼？你的性子也變急了嗎？」潘風只好放慢了腳步。「你看月亮多好？」

「是啊，中秋節快到了。」

「中秋上我們家吧。」

「噢。」潘風不置可否地應答著，秦只當他答應了。

「我會做你最愛吃的賽螃蟹。」

「是嗎？」

「讓我給你露一手。」

「好、好。到那時蕭反運動會不會結束了呢？學生也該練功了，要不腿腳都要生鏽了。」

「這話你跟我說說不要緊，可別到處亂講，倒像是你對運動不耐煩了。」

「我知道。」

「你應該明白政治運動是考驗人的好時機，你想解決入黨問題，還不趁此機會好好表現？」雖然潘風知道她是為他好，可是他就是不喜歡她這種教訓人的口吻。秦見他不出聲，知道他有點不高興。

「我知道你很聰明的。」像哄孩子似的，她拍了拍他的頭，潘風勉強地笑了一笑，到了女生宿舍門口，「明兒見。」

「你去看看蔣桃麗睡了沒有，她情緒還有點不穩定。」

「我又不是媬姆。」秦一甩頭走了進去。

第二天開會，桃麗的態度有了些轉變，她承認自己由於在家的時候年紀還小，不清楚父親的活動，加上政治觀念淡薄，對蕭反運動的意義認識不清，應該端正態度，好好學習，清理自己的思想。馮小蘭馬上像開機關槍似的衝著她來了：「你這叫什麼態度？盡說些空洞的話，具體的呢？你父親到底有什麼罪行？你為什麼不揭發？」

「他的事我確實不知道，他又不會跟我講。」

「你別裝傻了，你一放假就回去，難道你就一點也不知道？鬼才相信呢。」

身為肅反領導小組成員的秦蓮香不緊不慢地說：「蔣桃麗，對黨要忠誠老實，你再好好想想，過去你也許覺得沒有問題的事情，現在站在階級鬥爭的風口浪尖上重新思考，你就會發現問題，哪怕是蛛絲馬跡。」

接著同學們你一言我一語地補充，無非是要迫使桃麗坦白交代，不過這些十七八歲的孩子涉世不深，除了馮小蘭，其他人也說不出更多的，秦見會議快要冷場了，便叫桃麗去寫一份材料，盡可能把自己知道的情況統統寫出來交給組織，並且要深刻檢討自己的思想。

「這是黨給你的機會，不要以為自己業務不錯，就在政治上放鬆。我們要培養的是又紅又專的人才，不是和黨離心離德的人，懂了嗎？」桃麗點點頭趕快走了出去。

第二天桃麗正在為不知怎樣寫這個材料而頭疼的時候，傳達室讓她去取信。一看是媽媽寄來的，趕快拆開，發現信像是被拆過，信裡媽媽簡單地告訴她，爸爸犯了錯誤，正在接受審查，叫她千萬不要回家，一定要聽領導和老師的話，安心學習，照顧好自己，別的什麼也沒有說，媽媽大概猜想到她的信有可能被人拆看。她很擔心是不是媽媽也被人監視了，或者也在接受審查，她身體本來就不大好，血壓高，心臟也有問題，平時很依賴爸爸，現在一個人要面對這樣大的打擊，怎麼受得了？外婆和舅舅又去了香港，身邊連個可以商量的親人都沒有，怎麼辦呢？自己唯有爭取盡快過關，那麼也許放寒假時可以回上海去探望媽媽。但是，要過關就得批判爸爸，天哪！這

不是要撒謊嗎？天主啊，原諒我吧，這不是我情願的，沒有辦法呀！年僅十八歲，一向無憂無慮，生性率直口無遮攔的小辣椒，連自己都覺察不到，從此以後可能不得不學會口是心非，戴上面具做人了。

　　吃過晚飯後，她到教室繼續埋頭寫她的交代材料，想趕在第二天交上去。

　　「蔣桃麗，還在寫材料？怎麼樣？快寫完了吧？」桃麗見是潘老師便點點頭。

　　「潘老師您能幫我看看嗎？」

　　「可以啊。」潘風坐下來，認真地看桃麗寫完的部分。

　　「不錯，你現在的態度端正了，肯認識問題，就進了一大步，不過就算你揭發不出更多的東西，起碼對組織上告訴你的事實要有所認識，對自己的幼稚，缺乏階級鬥爭觀念做進一步的檢查。這樣才能表現出你已經和黨站在同一陣線了。」

　　潘風熱心地拿起她寫的材料，非常具體地建議她在哪些地方要加些什麼，做些什麼修改。雖然桃麗心裡想的跟他所說的，有許多不同，可是她明白只有照他所建議的去改，才有可能過關。現在有誰會這樣為她著想，無保留地幫助她呢？這一份關切之情，還是深深打動了她。

　　「你爭取早日通過，才能把精力集中到練舞上面，運動不可能永遠搞下去，尤其是學校總是要上課的麼，不久蘇聯專家會來我們這裡教學，你這麼好的條件，別人是比不上的，專家一定會欣賞你，千萬不能因為這件事把自己的主要目標忽略了。」

　　潘風的這番話正說到了桃麗的心裡，法國是去不成的了，俄國的芭蕾舞也是有傳統的，如果能跟蘇聯專家學習，還是有

可能實現自己的夢想。這個自幼就形成的夢想，如今更成了她唯一的精神支柱，離開了它，她將一無所有，生命還有什麼意義？她絕不能放棄。

潘風見她凝視著遠方，長睫毛下一雙黑裡透亮的眼睛放射出一種奇異的光芒，他似乎感覺到她正在匯集全部意志力，向著一個她絕不能放棄的目標披荊斬棘。

「蔣桃麗，抓緊時間寫好它，我相信黨會諒解你的。」

桃麗由衷地：「潘老師真謝謝您。」

望著她那雙明亮美麗的眼睛裡，閃鑠著晶瑩的淚花，潘風的內心升起了一股憐香惜玉的柔情，禁不住握住了她嫩滑的雙手，輕柔地撫摸著，桃麗的心突突地跳了起來，而潘風則立刻以一種格外平靜的語氣鎮定自己：「我是你的班主任，謝什麼？」

桃麗的交代總算被接受了，秦蓮香代表肅反領導小組找她談了一次話，翻來覆去地說了一大堆，什麼認識得還不夠深刻啊，今後要加強學習馬列主義毛澤東思想啊，什麼要靠近組織，要經常匯報思想，爭取黨團組織的幫助啊，什麼要脫胎換骨改造思想啊等等。桃麗看似很專注地聆聽著，其實腦子裡一片空白。這些話這陣子聽得實在太多了，誰說重複就是力量？實際上，一再的重複只能導致麻木，好像要將一整塊刻好的檄文，硬往腦子裡塞，令頭腦不堪負荷，字裡行間的意思根本沒聽進去。

三

日子過得很快，一轉眼快到中秋了，這些日子含笑一直牽

掛著桃麗，可是自己的自傳沒通過，組織上讓她補充，很傷腦筋，她不得不把在家裡常見到的爸爸的朋友都寫了上去，這次總算沒有打回來，這個週末一定要去找桃麗了。

含笑在舞蹈學校的傳達室等桃麗。只見一個圓臉的姑娘來取信，傳達室的老校工張大爺跟她說：「你進去時，叫蔣桃麗出來，有人找她。」

「你找蔣桃麗？喲！她也有朋友啊？你是哪兒的？」含笑心想你管得著嗎？沒有理她。

張大爺說：「人家填了會客單了。」馮小蘭像是要顯示自己是個芭蕾舞演員，挺著胸邁著八字腳步一扭一扭地走了進去。

過了一會兒桃麗出來了，幾天不見，她清瘦了許多。

含笑心疼地問：「怎麼樣？你還好吧？」桃麗沒回答，拉著含笑就往外走。

她們來到了陶然亭公園一處僻靜的地方，桃麗一路悶聲不響，含笑覺得她好像變了一個人。桃麗看了看四周，見沒有人了才低聲說：「我爸爸完了，他們說他是上海天主教反革命叛國集團的成員。」

「真的嗎？那會怎麼樣呢？」

「多半要坐牢。」

「這麼嚴重？！到底犯了什麼罪？」桃麗把情況告訴了含笑。

「他只是個一般教徒，可以儘量講清楚的麼，不一定會坐牢吧。」

「他們說他和那個主教在徐匯中學時是同學，一定有特殊關係。其實中學畢業以後，我爸爸就去了美國，那些年和他根

本沒有什麼聯繫。」

「那怎麼辦呢?」

「潘老師說只能爭取坦白從寬。」

「潘老師?」

「我們的班主任,他對我一直很好。」

「你媽媽怎麼樣?」

「她到昨天才給我來了一封信,信已經被人拆過了,幸虧她說的話跟報紙上講的差不多,什麼要依靠組織,安心學習,不要回去。你說叫我怎麼安心?」她的眼睛紅了,終於忍不住飲泣起來。

含笑看著她蒼白的臉心裡很難受,「哭吧,哭出來會舒服些的。」桃麗一下子撲到含笑的肩上大哭起來,這些日子她憋得快喘不過氣來了,這場號啕慟哭像悶熱暑天之後的一場暴雨,把積壓了半個多月的委屈、擔憂、困惑、鬱悶、傷心和絕望都一下子傾瀉了出來。聽著這個一向愛笑愛鬧,敢怒敢言的小辣椒如此悲痛的哭聲,含笑的心也抽緊了。

這些天類似的感覺也曾困擾自己,雖然來勢沒有那麼凶猛,卻令含笑能夠體會桃麗此刻的心情。她懂得什麼安慰的話對於她都無濟於事,不管她想不想得通,她父親已經鐵板釘釘成了反革命,只等著宣判了。這陣子她從一個受寵的孩子變成了要自己面對一切的「孤兒」,這是多麼巨大的轉變,叫她如何承受?含笑也幫不了她什麼,只能默默守在她身邊,讓她哭個痛快。

等桃麗停止了哭泣,含笑才委婉地說:「上一代的事情,我們不可能全了解。姐姐她們回國以後來信譴責爸爸,我也想不通。爸爸去世前寫了一封信給她們,說明自己並沒有對不起

人民，對不起國家，我更感到他很冤枉。可是當我把信給她們看時，她們竟無動於衷，還批評我認識不清爸爸的階級本質。那他做的那些好事就都不算了嗎？姐姐她們說你怎麼知道他以前做過些什麼？是啊，我是家裡最小的，我怎麼可能知道爸爸過去的一切呢？可是我爸爸難道會撒謊嗎？這些問題在我腦子裡已經翻了幾十個個兒了，還是想不通。時光不會倒流，更何況他已經不在了，問都沒辦法問。」

「我爸爸還在，就能問得了嗎？有時我真想回去問問，至少可以問我媽呀。不過這樣一來，他們就該說我不相信黨了。」

「我姐姐也叫我相信黨。」

桃麗深深地嘆了一口氣：「不這樣又能怎樣呢？」兩人都沉默了。

過了一會兒含笑摟著桃麗說：「走走吧，這麼好的陽光，別盡想這些，為了我們的夢想，還有許多事要做，不是嗎？」

「今天哭痛快了，含笑你瞧著，以後我不會再哭，我不能讓馮小蘭這種小人把我看扁了。」

「說得對，是哪本書裡講的？誰笑到最後，誰笑得最好。總有一天我會看到你燦爛的笑容。」

桃麗從老同學的鼓勵中感受到友情的溫暖，緊緊地握住含笑的手：「含笑，幸虧你來了北京。」

中秋節的晚上含笑想人逢佳節倍思親，桃麗一個人在宿舍會很難受的，就打電話約她一起去大姐家吃飯。

姐夫正好出差了，二姐也走了，在大姐面前她覺得比較自如，還把桃麗的事告訴了她。含玉親切地安慰桃麗：「黨的政

策是有成份論，但不唯成份論，家庭是家庭，你是你，只要你自己表現好，還是有前途的。」又對含笑說：「對了，二姐跟我商量過了，以後你不要讓媽媽給你寄錢，我們負擔你的生活費。」

「為什麼？」

「這樣對你會好些，不要再用家裡剝削來的錢。」含笑聽了這話有點不高興，可是又知道姐姐她們是為她著想，而且媽媽沒有什麼收入，也就不說什麼了。

桃麗忽然聯想到自己，「那我呢？我是不是也不該再用家裡的錢呢？」

「最好不用，你能不能申請助學金？不過這樣你生活要艱苦些了。」

想到馮小蘭老是笑她是大小姐，桃麗咬咬牙說：「我能吃苦。」

含玉笑著拍拍她：「有志氣，如果你真能做到這一點，那更說明你決心和家庭劃清界限。其實你們兩個都應該爭取入團啊。」

含笑不禁想起爸爸叫她不要加入任何黨派，而且自從回國以後，她並沒有覺得那些黨團員有什麼了不起；再說，要入團，以後就老得匯報思想，在家時對父母也未必講自己的思想，為什麼倒要跟外人講呢？所以她對申請入團並不熱衷。然而桃麗想的卻不一樣，畢竟她一直生活在國內，知道黨團員在政治上受信任，以前她憑業務比別人強，不太在意這點，再說自己從小隨父母信天主教，從來沒想過要入團。經歷了最近這番折騰，她就像掉進過井底似的，已經體會到被人落井下石的滋味，她必須掙扎上來。

「大姐，像我這樣信天主教的人能入團嗎？」

「這……就要看你怎麼想了，當然，馬列主義者是無神論者，我過去也信過基督教，後來學習了唯物辯證法，覺得有道理，就不信宗教了。所以你想入團的話，恐怕得放棄宗教。」

含笑不以為然地說：「大姐，宗教信仰是自由的，你別勸人家不信教啊。」

「我沒有勸她不信，這得她自己考慮。」

桃麗擡頭望著窗外的星空，自言自語似地：「我沒有選擇過，生出來就受了洗，從來不需要想這個問題。」

含玉立刻說：「是啊，你信教是父母幫你做的選擇，不是你自己，所以你現在就應該認真地想一想了。或者先找些書看看，學習學習。」她站起來到書架上找了一本唯物辯證法給桃麗，桃麗接過書說了聲謝謝，含笑心想桃麗大概是不好意思拒絕吧。

吃完飯離開了含玉的家，兩人站在公共汽車站等車的時候含笑說：「桃麗，你不用管我大姐說什麼，信教是你自己的事。」

「我知道，不過你大姐也是好意。」含笑覺得桃麗真的跟以前不一樣了，她好像一下子長大了許多，那個任性的小辣椒不知道哪兒去了。

過了中秋，一年級的學生終於可以上業務課了，含笑覺得天都亮了。他們全班一共二十四個同學，分成三組，每組八個人，男女各半，由一個導師帶領。含笑很高興和關紅玫分在一組，更高興的是他們的導師是一位著名演員，因演電影《白毛女》得了獎，他是從延安魯迅藝術學院來的，又在蘇聯專家班

進修過，目前還是表演系的代理系主任。他人很和藹、風趣，但也很嚴格，同學們都很佩服他，也很喜歡他。表演課很有意思，根據俄國戲劇大師斯坦尼斯拉夫斯基體系的教學步驟來上課，先學習表演元素。

上想像課的時候，張老師誇獎含笑想像力豐富，她心裡美滋滋的。進入學習小品表演階段，含笑的信心更強了，也許跟她自幼喜歡看小說有關，她很會編小品，全班匯報時她和湯勇的無言小品《新生》獲得好評。其他課如形體、舞蹈、臺詞、聲樂、戲劇史、戲曲史，樣樣她都有興趣，連她在中學時最怕的體育課都喜歡，因為體育課也配合表演的需要，學習西洋鬥劍、中國舞劍和武術等。總之學習令含笑感到非常開心，她把前一陣子的煩惱都丟到腦後去了。

和同學們相處很愉快，關紅玫是個天生的喜劇演員，只要有她在場，笑聲總是不斷；雷震聲也挺逗的，有時傻呼呼，大家都愛拿他開玩笑；還有一個白族的同學杜楠，來自大理，有少數民族特有的熱情性格；嗓子特別好的同學林旋，是個多愁善感的姑娘，嗓子很好，身體比較弱，大家管她叫林妹妹；湯勇是復員軍人，留著兩撇小鬍子，看上去挺老成的，他在這些來自中學的同學中，自己覺得該像個老大哥；還有一個同學也是復員軍人，他跟湯勇不同，大大咧咧，湯勇說他總是嘴巴不站崗，愛瞎扯，原來他當過志願軍，參加過抗美援朝，上過戰場。他說自己這條命是揀回來的，那時候他當的是汽車兵，炮火連天中他開著汽車奔走於戰場上，他叫楊金標。

有一次在飯桌上，他說：「好家伙，有一天真緊張！頭上有美國飛機，身後有不知道哪國的部隊追趕著，我們拚命地逃跑，一個勁兒地往前開，路上盡是逃難的人，開也開不快，要

是不快跑，就得死，只好往前闖，什麼都顧不得了。」他說得口沫橫飛，聽的同學都目瞪口呆。

含笑立刻想起小學時的同學韓若梅，她也參加了抗美援朝，不知她有沒有上前線，真為她擔心。「那死傷多不多呢？」

「不計其數。」

「別亂扯了，走吧。」湯勇說著拉起楊金標走開了。

在忙碌的學習中時間過得很快，隨著氣溫的降低，意味著大考已近在眼前，學期即將結束。這是含笑在北方過的第一個冬天，一切對她來說都很新鮮。大家在籃球場的地上潑了水，第二天早上就變了一個溜冰場，含笑跟著同學學溜冰，不斷地摔跤，逗得大家哈哈大笑。雷震聲笑她比狗熊還笨，她知道自己在運動方面是很蠢的，幸虧還有個從雲南來的杜楠也比她強不了多少。如果是以前她早就知難而退了，可是想到做一個演員應該什麼都會，就忍著腳疼，堅持學下去，結果腳脖子都腫了。

星期六下午他們正在冰場上溜冰，桃麗來找她。

「桃麗，快，你來溜吧，我的腳不行了。」

「哎呀，都腫了，你快休息一會兒。」桃麗穿上含笑的溜冰鞋，溜起了花樣滑冰，輕盈得像隻燕子，引來不少觀眾，男同學們的眼睛更是跟著她轉，不知道哪裡來了這麼一個艷若桃李的姑娘？她連著轉了好幾個圈兒，圍觀的一些人不禁鼓起掌來。雷震聲故意用洪亮的嗓門兒吆喝了一聲，像喝彩似的，桃麗回頭望了他一眼，開心地笑了。

「喂，陸含笑給介紹一下啊，這是何方神靈啊？」

「我的小學同學蔣桃麗，舞蹈學校芭蕾舞的高材生。」

「噢，怪不得。」

「你會跳孔雀舞嗎？」杜楠問。

「我不是學民族舞的。」

「都是跳舞麼，你就像隻孔雀，跳起來一定很美，什麼時候我來教你。」

「得了，杜楠，別套近乎了。」關紅玫不客氣地揭穿他，桃麗走到冰場外去換鞋。

「桃麗，別忙著走，就在我們飯堂吃飯吧。」

杜楠興奮地響應：「對，今天咱們來個週末聚餐，我去買汽水。」

楊金標說：「再買兩瓶啤酒。」

週末食堂裡人比較少，他們把兩張桌子拼在一起，七、八個人擠著坐，又吃又說又笑，自開學以來大家就沒有這麼開懷地笑過。桃麗面對這些熱情的新朋友，好像剛從冰窖走出來，迎面吹來一陣暖風，心情好多了。吃完飯大家又天南海北的侃了一通，要不是飯堂的職工要關門休息，他們還不散呢。最後大伙兒把桃麗送到校門口，看著她蹬上自行車走了才回去。

大考結束了，含笑的成績不錯，不是五分就是四分，心裡很高興。週末去看桃麗：「你寒假回不回上海？」

「潘老師說現在最好別提出要回家，學校正在研究哪些學生可以留下，哪些要淘汰。」

「什麼？還會被淘汰？」

「是的，藝術院校有這個規定，一年後如果覺得誰不適合這個專業，就會被淘汰。潘老師說本來我的業務是沒問題的，

可是肅反以後就一定會把政治表現放在首位，他讓我還是老老實實待在學校，所以這次我就不回去了。」

「那你爸爸怎麼樣了？」

「我爸爸已經不在上海了。」

「啊？！」

「判了勞改十年，去江西農村了。」桃麗的眼圈紅了。

「是嗎？唉！那你媽媽一個人真慘。」

桃麗忍不住嗚咽起來，「他們太慘了，我爸爸在那邊不知要受什麼罪呢，幸虧他本來身體還比較壯實，不過，五十多歲的人，不知道捱不捱得過這十年哪？」

「那家屬可不可以去探望？」

「不知道，他才去不久，我媽媽身體很差，我又不能請假去看他……」說著她傷心地哭了。

含笑掏出手絹給她：「過一段日子，你總可以回上海看你媽媽的。」

「沒辦法，只好等暑假了，幸虧這陣子我舅舅、舅媽從香港來看她，也許他們能陪她去看看我爸爸，不知行不行。」

「我想應該能讓他們去的，在香港坐牢的人，家屬可以常去探監，犯人還可以看報，聽收音機呢。」

兩個天真的女孩子，怎麼明白那邊不是香港啊。

含笑說：「你現在一定得把學籍保住，別讓你媽媽為你擔憂，這最要緊。只要學校覺得你表現好，以後還是可以回去看他們的。」

桃麗擡起頭，望著天邊：「希望如此。」沉默了一會兒，她說：「我打算申請入團。」

「啊？！那你不信教了？」

「我看了你大姐借給我的書，覺得講得也有點道理。」

不過含笑還是奇怪她怎麼可能真的放棄宗教呢，「你真的不信教了嗎？」

「他們怎麼能知道我心裡怎麼想的？潘老師說如果我入了團，別人就不能老在政治上挑剔我，對我的業務發展會有利得多。不過，要團組織接受我還不容易呢。」

「既然你想好了，就去做。我們家成份也不好，那我大姐也入了團，二姐還入了黨呢。」

「那你申不申請呢？」

「我呀，沒想好，我覺得入不入都差不多。我們張老師對我挺好的，同學們也不錯，他們並沒有因為我是從香港回來的，就對我另眼相看。」

「那你真運氣。不過以後要是你見了我媽媽，你千萬別跟她講我想入團。」

新學期開始了，學校的肅反運動基本結束，緊張的氣氛逐漸緩和下來，整個學校又有了聲音，人們的臉上恢復了笑容。

表演系一年級開始了多人小品的學習，含笑編了一個六人小品《生路》，得到張老師的肯定，參與的五個同學都很喜歡這個小品。可是在期中全班匯報時，其他兩組的老師卻提出了異議，認為這個小品表現的是香港的生活，距離國內的現實較遠，而且含笑在裡面演一個女工，差一點淪落為舞女，這不符合斯坦尼斯拉夫體系對初學者要求從自我出發的原則，超出了一年級的教學範圍，他們不同意把它作為期終大考的小品，這令參加這個小品的同學都很失望。可是張老師不贊成那兩位老師的看法，他把蘇聯專家請來觀看。

　　小品表演完之後，蘇聯專家先問含笑是從哪裡來的，當他知道含笑是從香港來的便點點頭，然後說：「看來你是有生活的，不是憑空捏造，你們的表演很投入，也很真實，我喜歡你這個小品，你們可以用它來參加大考。」大家聽了專家的話非常高興，含笑更是鬆了一口氣。張老師又請教專家：「有的老師認為這個小品已經涉及到角色的創造，不是完全從自我出發，超出了一年級的教學範圍，這個問題應該怎麼理解呢？」

　　專家說：「不能教條地理解斯坦尼斯拉夫斯基體系。要求學生從自我出發開始學習表演，是為了不脫離生活，使表演真實可信，你們的表演做到了這一點，這有什麼不可以？就算你現在演一個學生，也不完全是真正的你麼。」

　　下課後同學們很興奮，關紅玫雖然沒有參加這個小品，她也為他們高興：「專家的話沒錯，只要真實可信，能打動人就可以麼。我看到瞎了眼睛的湯勇聽說離家出走的妹妹回來了，一把把含笑摟在懷裡，撫摸她的頭、她的臉，可是隨後又生氣地把她推開，我都掉眼淚了。我覺得這時候含笑應該跪下，演小妹的許清麗可以加一句台詞，告訴哥哥：『姐姐已經向你跪下了，你就原諒她吧』。」

　　杜楠說：「演嫂子的林旋，在打了含笑一巴掌以後，最好自己驚愕地看著自己的手掌，背轉身哭了，因為本來她們姑嫂之間的感情是很好的。」

　　「你們這兩位觀眾提的意見太好了，咱們再好好排練排練。」含笑說。

　　「我這個舞廳大班怎麼樣？像不像？」雷震聲問。

　　關紅玫笑著說：「太像了，趕明兒你準演不了好人。」

　　「你這小關，看我撕你的嘴。」小關笑著躲到楊金標身後。

「我打得你疼不疼？」林旋問含笑。

「其實舞台動作課教過我們用虛擬的辦法表演打耳光，用手一擋正好打在手掌上，啪的一聲，被打的人則一扭頭以手掌摀住臉，也挺像的。」楊金標說，

含笑說：「可是因為我，哥哥的眼睛才被人打瞎，我要表現很內疚，甘願受嫂子這個耳光，所以不能擋。沒關係，又不是天天打。」

林旋笑著說：「天天打的話你的臉都會給我打腫了，不過你這個小品挺激情，我喜歡。」

「大考前我們一定要排練好，演得更好些，那兩位老師就說不出什麼來了。」湯勇說。

關紅玫說：「專家都肯定了，他們還有什麼好說的？」

湯勇不以為然：「那不見得，咱們還是要演得真實可信，人家才不好說這個小品不適合一年級的學生。」大家都同意，含笑很高興小組的同學都這麼支持她。

星期天桃麗來找含笑，「最近我媽媽心臟又不大舒服了，我真不放心。我離開上海時她身體還不錯的。」

「桃麗別太擔心，多休息休息慢慢會好的。你怎麼樣？留下來沒問題了吧？」

「唔，聽潘老師說，學校領導決定把我留下，他們還是愛才的。最近我們開始學習《天鵝湖》裡的雙人舞了，老師讓我和一個男同學期中匯報時，表演這段舞。」

「那太好了。」

「潘老師常來輔導我們，到時候蘇聯專家也許會來看，那是一個展現才能的好機會。」

「對啊，這很重要。」於是含笑也把專家來看他們的小品這件事告訴了桃麗，「幸虧張老師讓專家來鑒定，不然我們辛辛苦苦創作的小品就被否定了。」

「咱們倆都遇到了好老師，還算走運。我們潘老師也挺好的，他又帥、又好心，一直很欣賞我，這次在我最倒霉的時候，只有他最關心我，而且他舞又跳得那麼好，當他把我摟在懷裡輕輕舉起的時候，我好像騰空飛了起來。跟他一起跳舞，特別有feeling。」

看著桃麗陶醉的樣子，含笑不禁笑了起來：「瞧你高興得把英文都講出來了。」從小桃麗的爸爸媽媽常跟她講英文，所以她的英文還沒有忘記。

「我倒是蠻欣賞他的。不過可惜他好像跟秦書記挺要好的。」

「人家要好關你什麼事？」含笑覺得她有點想入非非。

「我覺得她不配他。」桃麗不服氣地說，

「人家是老同學，再說秦書記是你們的團委書記。」

「那怎麼了？除了政治條件，我哪兒都比她強。」

「怎麼？你真的喜歡你們這位老師？」

桃麗甜甜的一笑：「我感覺得出來，他也蠻喜歡我的。」

「他對你可能只是老師對學生的一種關心。還有，現在你還是個學生，人家會怎麼看？」

「如果讓馮小蘭這種人知道，當然要嚼舌頭了。」

「所以啊，你現在可不能再惹是生非，算了，咱們還是集中精力好好上學，先不要考慮這些問題好嗎？一切等畢了業再說。」

「好吧。我現在一定要把雙人舞跳好，爭取蘇聯專家的肯

定。」

　　桃麗走後，含笑去了含玉家，吃完晚飯，含笑對含玉說：
「再過兩個月我們就要放暑假了，暑假我準備回家去看媽媽和
三姐。」

　　「去香港？」徐春生問。

　　「是啊，怎麼了？」

　　「你才回來一年最好先別回去，而且申請起來很麻煩
的。」含玉說。

　　「有什麼麻煩？我們回來升學的時候招生辦說了，來去自
由，暑假可以回去探親的，我們中學一起回來的同學很多人都
要回去。」

　　徐春生不以為然地說：「你不同麼，你們家是資產階級，
你爸爸又是……」

　　他沒說完，含玉就把他推開：「你不是要去居民委員會開
會嗎？」徐只得悻悻地走了。

　　「含笑，肅反結束不久，你馬上回香港去不大好。」

　　「連媽媽和三姐都不能探望了嗎？而且媽媽這次要回上海
去看外婆。」

　　「她回來你不就能見到她了嗎？」

　　「不，我要去接她，說好了的，我還要看三姐。」她心想
我還要去給爸爸上墳呢。

　　「我們是為你好，你回來不僅是上學，也是參加革命麼，
對自己的要求得高一點，你申請入團了嗎？」

　　「沒有。」

　　「為什麼？」

「不為什麼，現在不想入麼，我要集中精力學習。」

「這不矛盾，政治上你對自己有了更高的要求，學習也會更努力的。」

「不入團我也很努力，幹嘛一定得入團？不入不行啊？」含笑有點反感。

「當然不是不行，難道你不想成為一個先進青年嗎？」

「團員就比我先進嗎？我們老師和同學也沒有誰認為我落後，他們還選我當小組長呢。」

含笑撅著嘴，我是回來上學的，又不是來搞政治的，不入團又怎麼了，要說先進，我在香港的時候就已經很先進了，年年都拿品學兼優的獎狀，在班上、在學生會裡都當過幹部，要不人家也不會叫我「前進分子」了。學校裡的黨團員有什麼了不起？還要我跟他們匯報思想，真莫名其妙。

含玉知道這個妹妹脾氣比較倔，對她不能性急，否則只會適得其反。她畢竟很要強，在國內時間長了，會有所改變的。

含笑走後，徐春生不滿意地說：「你這個妹妹就是麻煩，早晚會捅出點事來。」

「那也不見得。」

「哼，別的不說，她把你媽媽帶回來，如果還到北京來，你見不見？」

「那怎麼不能見？我媽媽又沒做事。」

「沒做事就沒問題了？她畢竟是你爸爸的妻子，資產階級太太。」

「照你這麼說，我就得六親不認了，她是我媽呀。」

「如果革命需要，也只好六親不認。」

「那你媽媽是地主成份，你怎麼還給她寄錢呢？」

「我不寄，難道讓國家養她？況且我媽是在國內，你媽是在海外。」

「願意從海外回來有什麼不好？她一個家庭主婦會有什麼問題？」

「好、好，那你去問問含珠，看她是什麼態度。」

「含珠也不會不見的，媽媽最疼她了。」

含笑去辦回港探親的手續，還挺麻煩的，先要徵得學校黨委同意，為此黨委書記專門找她談話，囑咐她到了香港，不要講肅反運動的事等等。然後她拿著校方開的證明，去公安局申請，又等了一段日子才獲得批准。

離家快一年了，感覺好像已經過了很久很久。想到不僅可以看見媽媽和三姐，還能見到許多老同學，再回母校去看看老師們，心情很興奮。不過眼前還得準備好大考，特別是這次的表演考試，小組的同學都很在意，決心要把她的小品《生路》演好。

表演課大考那天，不少其他班的同學來觀看，其中還有導演系、舞台美術系的同學，本地學生的家長也有來看的，整個小禮堂都坐滿了。含笑他們六個人既興奮又緊張，關紅玫和杜楠在一旁給他們打氣。

這次他們果然比上一次發揮得更好，演完後臺下一片掌聲。結束後觀眾紛紛離場，導演系的一位進修學生，哈爾濱劇院的楊導演特意走上臺來，拍拍湯勇的肩膀說：「你們這個小品編得不錯，很有戲劇性，演得也很好，有激情，才學了一年不容易啊。」含笑他們聽了非常高興，只見張老師也笑瞇瞇的

走了，他們幾個收拾好道具，走出禮堂。

離開北京前含笑去東安市場買了些特產，然後收拾東西，寫信給分散在各地的老同學們，約他們在香港見面等等。不知為什麼她依然感覺那兒才是自己的家。

走的前一天她給含玉打了個電話，就是招呼一聲，並沒有叫她來送自己，反正一個多月後她就回來了。沒想到第二天她上了火車剛坐下，就看見含玉和徐春生匆匆來到月臺，他們向她招手。她看看手錶，車還有十幾分鐘才開，便走下了車。

「這是一盒茯苓餅和一包金絲蜜棗，你帶給媽媽和含翠吧。」含玉說。

「替我們問他們好，去完上海之後，有時間的話帶你媽媽來北京玩玩吧。」徐春生說。含笑楞住了，前些日子他還反對她回香港看媽媽呢，這會兒怎麼變得這麼熱情？

含玉也說：「你告訴媽媽到北京來也許還能見到二姐呢。」

「怎麼？她會來嗎？」

「能抽得出時間的話，她會來的。」

含笑正不得其解，列車快要開了，列車員催促大家上車，她也就沒再問什麼。上了車，火車開動了，她跟他們擺擺手，心想他們總算想通了，以後不至於搞得那麼僵也好。

其實，不要說含笑對徐春生的態度轉變感到突然，連含玉開始也覺得奇怪。原來昨天徐在單位聽了個報告，中央指示有海外關係和有親屬在臺灣的，都應積極做統戰工作，宣傳祖國的政策和大好形勢，可以通過寫信和動員他們回來看看，擴大

影響。徐回到家就跟含玉說起此事：「既然含笑一定要回去，那麼不如讓她把你媽媽帶來北京看看。」

「你不是說她是資產階級太太嗎？」

「哎，我後來想想你說得也對，她本人畢竟只是個家庭主婦，沒在外面做過什麼事，再說你三妹在香港大學讀書，將來也是個人才，這是我們應該團結爭取的對象麼。」

「那你不怕了嗎？」

「嗨！你看你，我們總是得根據黨的政策辦事的麼。而且你們還可以趁此機會動員她回來定居，三個女兒都在這裡，她也許會考慮的，這不就一勞永逸了嗎？省得你們還要揹著海外關係這個包袱。」

含玉聽他這麼說，覺得有道理，再說媽媽已是五十來歲的人了，含翠住校，平常她一個人也夠寂寞的，回來怎麼也可以有個照應。所以她趕緊去買了點北京特產讓含笑捎去，希望媽媽對於她們這些年不和家裡聯繫，能夠諒解。可惜爸爸已經去世了，不然說不定也能見到他呢。想到這裡，含玉心裡隱隱作痛，從小爸爸對自己最關心，也許因為她和爸爸的血型都是A型，她的心似乎跟爸爸比較靠近。到了香港以後，作為大女兒，她比較能體會家裡已是外強中乾，所以才主動出去做事，想幫補家庭。爸爸常年多病，坐吃山空，但他並沒有因此要求她們放棄學業，1950年還是讓他們三個都回國上大學。1952年國內鬥爭形勢日趨緊張，在含珠和徐春生的一再勸說下，她也不得不跟家裡斷絕了聯繫，實際上內心非常矛盾。這次含笑回來告訴她爸爸一直很想念她，總是要看石慧演的電影，因為覺得石慧長得像她……

含笑還說自從三反、五反運動之後，爸爸對一切似乎已沒

有更多的奢望了，只想有朝一日能回來做一個默默無聞的普通人，只要能和兒女團聚就心滿意足了。有一次看了蘇聯電影《鄉村女教師》，他開玩笑似地說：「你大姐最喜歡孩子，總是想當老師，將來如果她辦個小學，我就像電影裡那個老校工，幫她搖搖鈴。」

聽了這話，含玉很難過，她體會得到父親這片思女之情有多深。然而現在一切都要以階級來劃分，在人前她一直不敢流露對爸爸的感情，現在政策允許與海外親人聯繫了，她心底的死水翻騰了起來，如果真能勸媽媽回來定居，自己也好盡一點做女兒的責任，也算一種彌補吧，可惜爸爸已經走了，永遠無法知道她此刻沉重的愧疚之情。

四

八月中旬，暑假將結束，含笑的媽媽朱玉英跟含笑一起從香港回大陸，去上海看望母親和弟弟一家。八月下旬含笑快開學了，先回了北京。玉英因母親身體不適不忍離開，又在上海住了一個月，到國慶節前才抵達北京。雖然含玉一再請媽媽住到她家去，但玉英還是堅持住在王大人胡同的華僑飯店；含珠特地請了假從哈爾濱到北京來看媽媽，陪她一起住在飯店。爸爸陸慶和在鄉下的原配何氏的兒子陸耀宗，小學起就從鄉下到上海來讀書，玉英待他不錯，這次他也特地從長春趕來北京看望玉英。

自從1950年一別，至今已有六年了，雖然當年玉英對他們三個與家庭斷絕關係很生氣，但這次見他們很熱情，似有

悔意，況且她回來以後親身感受到國內特殊的政治氣氛，也略能體會他們當初的難處，就不想跟他們計較了。玉英是個聰明人，性格開朗豪爽，比較務實，她一字不提當年的不快和陸慶和生前的痛苦。她想，過去的已經過去了，就是責備他們也改變不了什麼，好不容易大家能重聚幾天，何苦弄得不開心呢。不過當含玉和含珠殷切地勸她回來定居時，她臉一沉一言不發。

玉英心知肚明當年自己是國民黨員，在市黨部做過事，心想：「當時我們不也像你們一樣熱血沸騰，是追隨孫中山先生的革命者，如今倒好，多少這樣的人都成了反革命，我要是真回來定居，說不定哪天就要倒大霉。」不過她也不想跟她們談這些，真要談，豈是三言兩語能講得清？更何況當初短短五六年間，他們就全變了，竟變得那樣狠心，想到這些，一股火氣按捺不住，直往心頭湧來，她知道自己的脾氣，再說下去說不定就要爆發了。

在上海的時候，她看到蕭劍光多年辛苦經營的紗廠已經公私合營，他成了副廠長，手中沒有實權。而原來的陳副廠長在業務上一直是他的好幫手，僅僅因為抗戰時期曾集體參加過國民黨，肅反時被隔離審查了一通，最後雖然也沒搞出什麼名堂來，還是把他下放到車間當了個技術員。

蕭劍光為此甚感不平，但自己根本沒有人事權，唯有看著那些不懂業務的公方代表在那裡瞎指揮，盡用些所謂政治條件好，但業務不強，只知道唯唯諾諾的庸人，他心裡真是既擔憂又難過，情緒很不好。

瞧著他，玉英想起1949年他來香港，為了是否移居香港的

問題，曾經徵求過慶和的意見，而慶和一個勁兒鼓勵他留在上海參加祖國建設，沒想到如今他連自己一手創建的紗廠都丟了，玉英內心不禁為慶和感到歉疚。

再看看自己的弟弟，性格好像也變了，本來不拘小節愛開玩笑的他，變得謹小慎微，加上經濟拮据，他一貫的幽默感也消失了，如今連跟自己的姐姐講話都非常小心，不知是怕隔牆有耳呢，還是小心翼翼已成了他的習慣。他原來住的是弄堂裡三層樓的房子，1950年之後，上下兩層搬進來了另外三戶人家，他家現在只保留二樓一層，樓下住著的那家據說是區裡的一個什麼幹部，看到從香港回來的玉英，兩隻三角眼總是射來一種不陰不陽的目光。最令玉英感到奇怪的是，樓道裡的電燈有好幾個，開關也有好幾個，她到的第一天，弟妹就鄭重地告訴她，上樓的時候要開燈的話，千萬別開錯了別人家的燈，人家是要罵三門[19]的。所有這一切，都使她感覺這種日子沒法過，不回來的決心更加堅定了，不管含玉、含珠如何勸說，她都不置可否。

含玉見媽媽不搭腔，只好不說了，可是含珠卻滿懷熱望，依然翻來覆去地曉之以理，動之以情，繼續勸說媽媽，而玉英還是沉默不語，含珠以為媽媽在認真考慮呢，不想，過了片刻她卻冷冷地說：「講完了嗎？你們希望我回來定居，是怕我年紀大了在香港沒人照顧，想盡點責任，這番孝心，我心領了。不過你們的收入都不多，媽媽也不想增加你們的負擔。再說含翠大學還沒畢業，我怎麼能丟下她不管？所以我最多有時來看看外婆，看看你們，別的先不要說了。」

---

[19]　上海話，指站在門前盛氣凌人地罵人。

　　含珠仍然不死心，還想說服媽媽：「媽媽，我的工資比大姐多，我可以負擔您的，含翠也不小了，她反正住在學校，您也不用為她操心麼，您回來以後，等她畢了業也可以回來，那我們一家就真的團聚了。」

　　玉英淡然一笑：「團聚？我們這個家不早就散了嗎？你們都會有自己的家的。」聽了這話，含珠有點窘，一時不知說什麼好。

　　玉英接著說：「含翠書讀得很好，現在學校給了她獎學金，大學畢業以後她還想繼續攻讀碩士和博士呢。」

　　「其實國內的大學，像清華，北大，都是一流的，不比香港大學差，她回來也可以繼續攻讀。」

　　「含珠，你剛才不是說含翠不小了，是啊，她已經是個成年人，她的事情我們怎麼能給他作主呢？她有她的意願，這就無須別人為她操心了。」媽媽不冷不熱的語氣，令含珠頓時語塞。

　　耀宗感覺氣氛有點尷尬，便笑嘻嘻地說：「媽咪，那您就每年回來走走，暑假我還可以陪您去北戴河玩玩，那裡很涼快。」

　　「是嗎？我只去過青島，北戴河倒真沒有去過呢。」

　　含珠見含玉、含笑都沒有再說什麼，從媽媽剛才的話她也聽出她的不滿，也只好不堅持了。

　　稍頃，玉英轉換一種較溫和的語氣：「好了，過了國慶節我也該回去了，什麼時候我請你們去吃北京烤鴨吧。」

　　含玉說：「當然應該我們請您。」

　　玉英提起蕭劍光的兒子蕭逸，最近被上海音樂學院選拔為

留學蘇聯的候選人，不久就要來北京請中央歌劇院的張清泉老師聽聽，他的女朋友張青雲也會跟著來北京玩幾天，含笑聽了特別高興。

「太好了，媽媽，好久沒這麼熱鬧過，我可不可以把蔣桃麗也叫來？她也在北京上學。」

玉英笑著說：「當然可以，我知道你們幾個從小就是好朋友，難得能在北京重逢。誒，我記得還有一個，她叫什麼？」

「她叫韓若梅，可惜她不在北京。」

「哦，我想起來了，以前你好像說過，她去參加韓戰了，現在怎麼樣？回來了吧？」

「我暫時還沒有跟她聯繫上，聽張青雲和蔣桃麗說她可能在保密單位工作，她們也不知道她的地址。」

「哦，還那麼神祕？要不，你們幾個小同學倒可以在北京見面，一起聚聚。」

玉英一向好客，以前在上海的時候，聖誕節家裡開派對，孩子們的同學來玩，她都挺歡迎的。

就這樣，以後的幾天玉英不再跟她們談過去的事，也不再討論自己的未來，只是跟耀宗和幾個女兒到處逛逛，照照相，吃吃東西，對女婿徐春生更是客客氣氣。

國慶節那天，玉英讓含珠到全聚德定了一桌，晚上除了她和三個女兒，再加耀宗、徐春生，還請了金導演，以及蕭逸和張青雲，含笑把蔣桃麗也帶來了。

金導演的媽媽是玉英的乾媽，所以金導演就成了玉英的乾弟弟，他二十來歲時當了演員，在上海拍電影。抗戰前他祕密加入了共產黨，一直在國統區做地下工作。抗戰時期活躍在重慶的話劇舞臺上，是位著名的演員。抗戰勝利後，回到上海，

他辦了個電影製片廠，自己既當演員又當導演。那個時期他經常出入上流社會，並利用這個方便，暗地裡為共產黨工作，對陸慶和展開統戰攻勢也是他所參與的一項工作，因此那時他時常去陸家。陸慶和一家移居香港後，他和章大律師為了某項統戰任務去香港，也曾拜訪過陸慶和，1949年中華人民共和國成立以後，他們倆都回大陸了。

　　當含笑來北京上學時，發現金叔叔在戲劇學院兼課，教的是四年級畢業班，想到自己將來也有機會跟他學習很開心，從小她就喜歡戲劇，所以特別崇拜金叔叔，簡直把他當成偶像。一次在校園裡碰見他，她親熱地叫了他一聲金叔叔，可是沒想到他態度很冷淡，好像不怎麼認識她似的。含笑以為自己長大了，他沒有認出她來，但當走近時他卻輕輕地說了一句：「在學校不要叫我叔叔。」弄得含笑很尷尬。她隱約感覺這跟自己的家庭成份有關，心裡很不是滋味，真是此一時彼一時啊，這是她平生第一次體會到什麼叫做世態炎涼。以後當她再遇見他時，要麼繞道而行，要麼就很嚴肅地叫聲金老師，再也不想說什麼了。可是這個晚上他見了媽媽，又像以往那樣談笑風生，含笑真不明白這是怎麼回事。其實，沒準他也像徐春生一樣，聽過黨中央鼓勵人們對海外做統戰工作的報告。

　　「玉英姐，現在好了，你三個女兒都回來了。」
　　「是啊，這大概應該說拜你所賜吧。」金導演聽出玉英話裡有話。
　　「哪裡啊，這說明她們都是好青年，個個愛國進步，可惜慶和兄走得太早了，不然，他一定會感到欣慰的。」
　　玉英輕輕地笑了一下，既像冷笑，又像苦笑：「唔……青

出於藍勝於藍麼，怎麼不欣慰？」含玉和含珠聽了媽媽這句
話，都低下了頭。

「玉英姐，那你準備什麼時候回來呀？」

「我？我一個婦道人家什麼也不懂，回來能幹什麼？不成
了米蛀蟲了嗎？」

「哈哈哈，你太謙虛了。」

「不要說我了，說說你吧，你現在是春風得意嘍。蕭逸，
你知道嗎？金叔叔可是個大明星、大導演啊，我們，包括你爸
爸媽媽，以前都不知道他這個大明星二十幾歲就很愛國進步，
我們還以為他就愛跳舞打撲克呢。誰知道他是人在曹營心在
漢，幾十年一直在為『新中國』做貢獻哪。」

「唉，慚愧、慚愧，比起那些延安來的老革命，我算什
麼，還得好好改造呢。」

原來金導演如今除了在戲劇學院兼課以外，還在北京的一
個話劇院當演員和導演。這個劇院的班底是延安魯迅藝術學
院的，在他們之中，他這個來自白區[20]的地下黨員顯得有點特
別，一方面他有著比較複雜的社會關係，他的哥哥還在臺灣，
過去是上海市的官員，另一方面由於他多年來一直生活在國統
區，有些習慣和作派，常被人認為多少沾染了點資產階級的作
風，而他的才華又明顯高於其他人，這對他的人際關係也不見
得有利，加上這些年運動不斷，他已經意識到，即便自己是個
老地下黨員，也應該處處謹慎，不可大意。

這邊玉英和金導演談著話，那邊含笑和桃麗，青雲，蕭逸

---

[20] 指國民黨統治的地區，非共產黨控制的地區。

幾個年輕人也在暢談別後情況，以及未來的計劃。桃麗希望畢業後，能分配到芭蕾舞團。青雲讀的是藝術師範，已經工作了，蕭逸一心盼望能被選中留蘇，當然這也是青雲的願望。含笑學習成績不錯，對未來充滿信心。他們又說又笑開心得很。

「你看他們年輕人多高興，我們是老了。」金導演感嘆地說，

「你哪兒老啊，你現在正是開花結果，前程無量的好年齡。」

「是啊，我們都等著看金叔叔的大作呢。」徐春生說，

「金叔叔，最近會排什麼戲？」含珠問，

「可能會排契科夫的《萬尼亞舅舅》。」

「太好了，我們就是喜歡看這種用世界名著改編的戲劇。」含玉說。

「你們也演外國戲？」玉英問。

「當然，只要是好戲。玉英姐，現在全國解放都七年了，中央的政策是很開放的，最近毛主席提出了「百花齊放，百家爭鳴」的方針，我們的事業將會更加欣欣向榮。你不要聽信外面那些謠言，你看現在還號召女同志穿花衣服，燙頭髮，打扮得漂漂亮亮呢，共產黨人又不是苦行僧。」

含珠緊接著說：「媽媽，這裡不是你們在外面所想像的那樣，我們國家的第一個五年計劃已經開始了，以後的生活會越來越好。」

含笑也說：「我們在中學讀書的時候，看了蘇聯電影《幸福的生活》羨慕得不得了，將來我們的國家也會像蘇聯那樣。」

「你會唱裡面的歌嗎？」青雲問。

「當然會。」含笑說著就唱了起來，

　　田野小河邊，紅莓花兒開，
　　有一個少年，正是我所愛，
　　可是我不能向他表白，
　　滿懷的心腹話兒，沒法講出來。
　　滿懷的心腹話兒，沒法講出來。
　　啊……啊……

青雲，耀宗，含珠，含玉也都跟著哼唱起來。
「桃麗，跳一個吧，我們給你伴唱。」含笑提議。
「烤鴨來了，一會兒再唱、再跳吧。」徐春生說。
這頓烤鴨吃得很滿意，最後還是玉英請客。
金導演說：「怎麼好意思讓你這位遠道而來的客人請我們，應該讓我盡地主之誼麼。」
「下回吧，你還沒給我引見你的新夫人呢。」
「那好，下回你來，我在家裡給你接風。玉英姐，我還有點事，先走一步，你多保重啊，希望很快又能見到你。姑娘、小夥子們再見了。」說著他站起來和大家揮手告別，含笑心想金叔叔怎麼又變得跟以前那樣熱情了？

金導演走後含笑說：「媽媽，今天金叔叔可不同了，以前他在學校見到我就跟不認識似的，還是您面子大。」
「他在公共場合恐怕不便跟你多說話吧。」
「那為什麼？哼，我知道。」
「哦，你知道什麼？」含珠問。

「保准他現在不願意人家知道，解放前他常在我們家出入。」

玉英笑笑說：「算了，他可能有他的難處。」

「他是老革命，有什麼難處？」

「含笑，別挑剔別人，咱們怎麼曉得人家的情況。」含玉意味深長地說。

含珠怕媽媽不高興趕緊說：「媽媽，他對您還是蠻熱情的，你們別太多心了。」

「我倒不在乎，曲終人散，各奔前程，也是料想中的事，所以這次在上海除了蕭叔叔，什麼人我也沒見，免得大家不方便。含笑，今後凡事靠自己，就算你幫過人家，也不要想沾別人的光。」

「太對了，公事公辦。」含笑很同意媽媽的話。

「一會兒天安門廣場是不是會放煙花？」青雲問。

「會的，我們去看煙花吧，媽媽您去嗎？」

「我有點累，不去了，你們去玩吧。」

「那我們也不去了。」含玉和徐春生送媽媽和含珠回華僑飯店休息。耀宗說要去看一個以前指導過他的蘇聯專家，也先走了。

含笑他們從王府井走到長安街，一路散步一路侃，不知不覺快到天安門廣場了，這一段長安街已經擠滿了人，而且前面有警衛，走不過去。

國慶節的晚上，毛主席和中央首長會邀請駐京使節，以及來訪的外賓，上天安門城樓觀看煙花表演，靠近天安門那一段，都是指定單位的群眾在那裡跳集體舞，含笑他們只好站在

外圍，等著看煙花。聽見廣場上播放的音樂，他們也跳了起來，有的群眾自動參加進來，圍成了一圈，跳得十分快活，桃麗優美的舞姿更吸引了不少圍觀的人。

接連跳了三個集體舞，青雲已經氣喘噓噓了。

桃麗：「青雲你怎麼停下來了？」

「哎喲，我不行，跳不動了。」說著她走到旁邊去揉她的腿，蕭逸也停了下來，笑著問：「你怎麼了？真的把腿都跳疼了？」

桃麗笑她：「青雲，你真差勁。」

「我哪能跟你比呀，你是舞蹈家麼。」

這時候廣場那邊音樂聲中人聲沸騰，高呼著「毛主席萬歲！」大概是毛主席和中央首長以及外賓們登上天安門城樓了，大家都踮起腳，翹首遠望，可是只看見黑壓壓的人群。不一會兒聽到轟隆隆的炮聲響，天空上開出一朵朵艷麗的煙花，照亮了整個廣場，人們興奮地不斷高呼：「中國共產黨萬歲！」「毛主席萬歲！」「社會主義祖國萬歲！」有人唱起了《歌唱祖國》，這歌聲令含笑回想起在香港唱這首歌曲的情景，那時只是在校園裡唱，現在站在天安門廣場，環顧周圍萬千群眾異口同聲，唱著同一首歌，她頓時情緒激昂，感覺無比幸福。

她和許多人一樣滿懷熱望，希望祖國像這歌曲所唱的那樣，一天天變得繁榮富強。在二次世界大戰中，祖國受盡日寇蹂躪，含笑那時雖尚年幼，卻也常常跟著大姐唱《黃河大合唱》裡的「保衛黃河」，幼小的心靈早已充滿了愛國激情。也許正是這個特定的時代烙印，使她和她的哥哥姐姐們注定會回

到大陸來，選擇了這樣一條人生道路。

當時她們深信新中國會帶領全國人民擺脫貧窮落後，走向繁榮富強，為此他們寧願放棄香港優裕的生活，回來努力改造自己，甘心做一塊鋪路的磚。含笑雖然知道自己還比不上姐姐哥哥們，也比不上若梅，但她已經下定決心，要和億萬人民一起奔向未來。所以這次暑假回香港，媽媽勸她留下，到外國去學音樂，她沒有同意，她覺得如果自己半途而廢跑了回去，怎麼有臉見母校的老師和同學？再說她現在在戲劇學院學習很開心，更捨不得走了。

蕭逸現在的心情也特別興奮，在上海的選拔中他能勝出，給他增添了信心，這次到北京來，是一個難得的學習機會，這裡是祖國的心臟，匯集了許多專家，觀摩演出可以學到很多東西，更何況歌劇院的張清泉老師聽了他唱歌，也說他很有希望。過了國慶，他和青雲回上海以後，一定要踏下心來，好好練唱。明年春天就要來此參加留蘇預備班了，到時候將最終決定他能否被選拔去蘇聯學習。

這是青雲第一次離家出門旅行，而且是跟心愛的人一起到首都來，她覺得幸福極了。要是蕭逸被選上留蘇，她的快樂簡直不亞於他本人。留學回來當然就不同了，將來年紀大了，不當歌唱家，還可以在上海音樂學院當老師，說不定能當教授呢。他們將會有一個美滿幸福的小家庭。這時候她望著燦爛的天空，默默祈禱上蒼保佑蕭逸順利留蘇，那漫天彩色繽紛的煙花，好像預示著他倆美好的未來。

桃麗本來是個容易興奮的人，此時此刻怎能不被這喜慶的場面感染，可是一想到爸爸媽媽，心靈深處總有一塊死角，使她無法像別人那樣開懷歡笑。幸虧這一年來她在業務上有很突出的表

現，深得蘇聯專家欣賞，又有潘老師扶持和鼓勵，這使她對未來增強了信心。可是畢竟她的政治條件不如別人，入團問題也沒有解決，心裡依然有些不安，此時她望著一朵朵美麗的煙花，悄悄地許願，希望上帝保佑，來年轉運。

這一天在天安門廣場的夜空下，千千萬萬的普羅大眾都懷著無比激動的心情，對未來寄予無限冀望。人們沉浸在一片歡騰中，滿以為他們的偉大領袖、偉大的黨，會帶領他們創造出前人所不能創造的奇蹟，受盡屈辱的中國人民不僅站了起來，還將以豪邁的步伐奔向光輝燦爛的明天。

五

1957年是很奇怪的一年，自從肅反運動結束以後，籠罩著整個社會的緊張氣氛逐漸舒緩了，尤其四月份毛澤東在天安門上召見了各民主黨派的負責人，提出《百花齊放，百家爭鳴》的方針，並先後發表了《論十大關係》，親自修訂了社論《關於無產階級專政的歷史經驗》等一系列文章，給人感覺中央轉向開放，繃緊的弦有可能放鬆一點。接著中央發出了關於整風運動的指示，號召人們大鳴大放，做到「知無不言，言無不盡，言者無罪，聞者足戒。」希望大家真誠地幫助黨整風，於是各單位的群眾都積極起來，紛紛提出不少意見，以期各級領導廣開言路，兼聽包容得以改進工作。

就在這時候蕭逸來到了北京，參加留蘇預備班，住在文化部安排的一個招待所，離戲劇學院不遠。週末桃麗和含笑去看他，知道過不久他們就會開一個匯報音樂會，從中選出去蘇聯

留學的學生。參選的共有十來個人，都是各音樂學院或文藝單位的尖子，評判中除了藝術院校的老師、文藝單位的著名演員，還有從蘇聯來的聲樂專家。

「蕭逸，你一定有希望，青雲等著你的好消息呢。」含笑說。

「那還不敢說一定行，你想，能來參選的，都有兩下子，天津音樂學院的張耀華就很不錯，我聽過他唱。」

「我認識他，他的女朋友是我戲劇學院的同班同學陳曦。」

「是嗎？他是個男低音。」

桃麗：「那不要緊，你是男高音麼。」

含笑也說：「對呀，不同聲種，不會是競爭對手。」

正說著，張耀華走了進來，他也住在這裡。「陸含笑，你怎麼來了？」

「我認識蕭逸，你們兩位在這次選拔賽中都很有希望啊。」

「要是我們能一起去蘇聯就太棒了。」張耀華的聲音真的很低、很低，像個低音喇叭，桃麗跟含笑不約而同對視而笑。

「音樂會什麼時候開？」桃麗問蕭逸。

蕭逸答道：「再下個星期日的晚上。」

含笑揮舞了一下拳頭：「我們一定來給你們打氣，加油啊！」

星期日的音樂會上，蕭逸唱了《思鄉曲》和《負心人》，張耀華唱了《伏爾加船夫曲》和《黃河頌》，都非常棒，觀眾反應很熱烈，評判似乎頗為滿意。另外一個男中音和一個女高

音也唱得很好，其他幾個就不那麼理想。

音樂會結束後，含笑、含玉、桃麗還有陳曦都到後臺去祝賀蕭逸和張耀華。「你們倆都唱得非常好，大有希望！」桃麗興奮地誇獎他們。

含笑小聲地問：「幾時有結果？」

「我想沒那麼快，評判們還要研究呢。」

「你們在這兒等結果，還是回去等呢？」含玉問。

張耀華說：「我得馬上回學校參加整風運動，反正天津離這裡很近，一有結果，我當天就能趕回來。」

「你不陪陳曦在北京玩幾天？」含笑問。

「你們學院不也在搞運動嗎？」

「我們一年級的學生提不出什麼意見來。」陳曦答道，顯然她也希望耀華多留幾天。

「不過，現在正是最好的時機，可以讓領導好好聽聽大家的意見，我得趕回去，暑假還可以來麼。」張耀華答道。

「他呀，是班長，積極分子，幹什麼都那麼起勁。」陳曦告訴含笑，看得出來她很欣賞他。

「那你呢？」桃麗問蕭逸。

「我不像他，離得這麼近，我還是留在這裡再等幾天看看。」

當蕭逸送含笑她們出去的時候，含玉說：「你要是不能住招待所，就上我們家湊合幾天吧。」

「含玉姐，不打擾你們了。」

「什麼打擾，我們剛回來的時候，蕭叔叔不也讓我們住在你們家的麼。」

「我想在招待所多住幾天，應該沒問題。」

「那什麼時候跟含笑一起來我們家吃頓便飯吧。」

「好的。」

　　一天桃麗突然收到媽媽來信，說外婆病危，她非常著急，可是自從桃麗父親出事以後，她的心臟病又復發了，身體很虛弱，一時半會兒還去不了香港，舅舅提議讓桃麗去一趟，外婆最喜歡這個外孫女，見了她心情會好些的，她也希望女兒能代替自己去見外婆一面。桃麗雖然很想去看外婆，不過剛開學不久就請假不知道能否批准。跟潘老師商量，他說最好等匯報演出之後再提，而含笑卻說既然是病危，去晚了不大好。桃麗心裡很矛盾，因為這次匯報要跳天鵝湖中的雙人舞給蘇聯專家看，這對她未來的前途至關重要。不過要是萬一真的見不到外婆，那又會令媽媽更加傷心，真不知道怎麼辦好。

　　事情果真不出含笑所料，沒幾天，桃麗的舅舅發來了電報，說外婆病情惡化，再不去就來不及了。由於舅舅跟國內的國營企業有生意來往，他已經專程到上海去找華東統戰部幫忙，請他們跟學校領導疏通，允許桃麗去香港一趟。過了幾天，舅舅打長途電話來，告訴桃麗學校同意她去香港探病，叫她趕快請假。於是桃麗什麼也顧不得了，馬上請了假，就去公安局辦離境手續，拿到雙程通行證之後，立即買了來回火車票，準備直接從北京趕去香港。

　　含笑連夜過來幫她收拾行李，第二天又送她上火車，「桃麗，別擔心，反正你去去就回來，就算這次趕不上匯報演出，以後總會有機會跳給專家看的。」

　　「是啊，我去了外婆會感到安慰，媽媽也不至於那麼遺

憾。」

含笑寬慰她：「等外婆好一點，你就盡快回來，我想影響
不會太大。」

桃麗點點頭：「是的，潘老師也說既然學校批准了，就先
去一趟吧，我會盡快回來的。」就這樣她匆匆離開了北京。

桃麗走後不久，北京的形勢發生了意想不到的變化。一
場整風運動，忽然變成了凌厲的反右鬥爭[21]，人們毫無思想準
備，不知道這是怎麼回事。

1956年二月蘇共召開了二十大，會上發表了《關於個人崇
拜及其後果》一文，批判了對斯大林的個人崇拜，還提出三和
路線[22]的新理論，對世界形勢產生了重大影响。整個鐵板一塊
的共產主義國家，出現了某種鬆動，特別是東歐的一些國家，
民主訴求在不同程度上有所擡頭，這些情況中國的普通老百姓
是不得而知的，然而敏感的知識界、民主黨派、工商界，私底
下都在關注著，甚至也在期盼著，中國的政治局面也許能有令
人鬆一口氣的轉變。

對於中蘇之間出現的裂痕大家一無所知。接踵而來的波
蘭和匈牙利事件[23]把形勢更推向緊張。原來中國大地上的突

---

[21] 1957年共產黨開展整風運動，要求黨外人士對黨和黨的幹部提意見，以利改
進黨的作風和工作，鼓勵大家大鳴大放，並提出「知無不言，言無不盡，
言者無罪，聞者足戒」，於是廣大群眾，特別是知識份子給共產黨及其幹部
提出不少意見。到6月人民日報突然發表了毛澤東親自執筆題為《這是為什
麼？》的社論，整風立刻轉為反右派運動。

[22] 赫魯曉夫在蘇共二十大針對當時的國際形勢提出和平共處、和平競賽、和平
過渡的路線。

[23] 1956年，蘇聯最高領導人赫魯曉夫的「非斯大林化」，給整個社會主義東方
陣營都帶來了巨大的衝擊，6月，波蘭西部工業城市波茲南的斯大林機車廠

然變化並非偶然，人們無法預料地球的另一端發生的那些事件，竟會對遙遠的中國產生巨大影響，給數十萬人帶來難以想像的危運。

　　最令含笑這組同學感到非常意外的是，沒多久他們所敬重的張老師，竟然被打成右派分子了，只是由於他貼了一張大字報，對1955年肅反運動中存在的擴大化現象，提出了一些批評，而他本人亦正是肅反五人領導小組的成員。含笑他們認為張老師不存私心，敢於承認自己在工作中的失誤，並提出意見幫助黨整風，避免領導重犯類似的錯誤，沒有什麼不對呀。毛主席不是在一開始就說過要大家「知無不言，言無不盡」的嗎？怎麼一張大字報就犯了不可饒恕的罪了呢？對於張老師被打成右派，他們實在想不通。

　　接著他們班的楊金標同學也被人檢舉，說他撒佈謠言，醜化抗美援朝中英勇抗敵的志願軍，因而也被打成右派分子。這兩件事，令含笑傻眼了，突然間一位受尊敬的老師，一個本組的同學，都變成人民的敵人了，她的腦子實在沒法轉得過彎來，大家不僅不能理睬他們，還得批判他們，這下子她真是笑不出來了。

　　一天，吃早飯的時候看見陳曦眼睛紅紅的：「你眼睛怎麼

　　的工人，要求增加工資、減少稅收被當局拒絕後，於6月28日，爆發了十萬人的示威活動。後來演變成警察和工人的槍戰。坦克和保安部隊也參加了對工人的鎮壓。為了緩和嚴峻的局勢，當局採取了妥協的立場。騷動遂平息下去。1960年前所爆發的匈牙利起義是二戰後社會主義陣營國家中第一個爭取自由，抵制奴役的大規模民眾反抗活動。這起事件對後來共產黨國家的局勢發展都產生了深遠影響。匈牙利事件後，中國開始了反右運動。

了？」含笑問。

「沒什麼，可能沒睡好。」走出飯堂，她悄悄對含笑說：「張耀華可能去不成蘇聯了。」

「啊？！為什麼？選拔有結果了嗎？」

「還沒有，不過，他不該在整風時那麼積極地提意見……」不少人吃完早飯走了出來，陳曦話沒講完就趕快走開了。

晚上含笑約好蕭逸一起去大姐家吃飯的，她到的時候蕭逸已經在那兒了，正在跟大姐講話。

「蕭逸要回上海了。」大姐說。

「哦，選拔結果出來了？」

「還沒有消息呢，不過學校催我馬上回去，所以我得趕緊去排隊買車票，我不吃飯了，你們不要等我。」

「是不是文化部把選拔通知寄到你們學校去了？」含笑問。

「不知道呀。」

「那到底為什麼叫你立刻回上海呢？」

「沒說為什麼，只是讓我儘快回校。」

含玉說：「那也許通知真的發到學校去了。回去替我們問你爸爸媽媽好，下回你再來就一定是選上了。」蕭逸心裡沒底，勉強笑了一笑。

他走後，含笑有一種很不妙的預感，也許因為陳曦早上的話，引起了她的不祥之感，可是她沒講出來。

過不久，含笑得知張耀華由於他所提的意見，被認為是對黨的攻擊，正在接受批判，那怎麼還有可能去蘇聯留學呢？怪不得

陳曦情緒那麼不好。但蕭逸這陣子並沒有在學校參加運動呀，況且他對政治根本沒有什麼興趣，不可能提什麼意見，應該不會出問題的吧？可是，那為什麼叫他立刻回校呢？真弄不懂。

　　桃麗離京快兩個多月了，不見人影，也沒信來，這又是怎麼回事？前些日子潘老師還來問含笑有沒有她的消息，因為反右，他們給蘇聯專家的匯報演出將推遲到十月份，他希望桃麗能趕得上這場演出。含笑只好寫信給青雲，讓她快去桃麗家，打聽一下她幾時能從香港回北京。

　　含笑忽然想起那天從大姐家送蕭逸出來時，跟他提起過桃麗要去香港探望病危的外婆，他說了一句：「估計桃麗不會回來了。」當時含笑說他瞎猜，還反駁他：「怎麼會呢？她急著要回來參加匯報演出呢。」

　　「不，我聽爸爸提起過，她舅舅上次回上海時，好像就透露了這個意思，不過你千萬不要說出去。」

　　含笑執拗地說：「她絕對不會不回來，桃麗一定不會放棄她的夢想的。」

　　「她不就是愛跳芭蕾舞嗎？哪兒不能實現她的夢想啊？非得在北京？」一輛公共汽車正好開過來，蕭逸說：「不跟你說了，我得趕緊去買票。」他急急忙忙登上了車。含笑卻被他的話，弄得一頭霧水，既驚訝又不明就裡。

　　含笑哪裡知道桃麗的舅舅上次回來，的確曾經跟他妹妹說：「頌恩這一判就是十年，這樣的日子你一個人怎麼熬？媽媽很擔心你呀，讓我一定要想盡辦法把你和桃麗弄出去。」可是桃麗的媽媽流著眼淚說：「我怎麼能不管頌恩？」

「你在這裡也幫不了他的。」

「過段日子，至少我可以去看看他，帶點東西給他，跟他講講話，給他一點安慰和支持。」

「你們都是一個教會的，也許他們不會那麼容易讓你去看他，你自己身體又不好，如果能去香港，起碼可以保住你和女兒，等將來頌恩熬過刑期，我們說什麼也得想辦法申請他出去。」

「哪那麼容易？」

「你和桃麗都在香港的話，理由就比較充足，我們可以想各種辦法，例如保外就醫等等，當然得走後門。」

然而，他妹妹怎麼也不肯就此拋下丈夫離開上海，最後兄妹倆經過一番商量，決定讓桃麗先走。舅舅深知一個勞改犯的女兒，想離境談何容易，除非想出一個特殊的理由，諸如長輩病危，急需前往訣別奔喪，繼承遺產等等，因此就做了這樣的安排，但並沒有告訴桃麗實情，免得節外生枝，反正此一去就不打算再讓她回來了。

此時含笑望著蕭逸匆匆離去，來不及多問他幾句，心想：桃麗真的會一去不返嗎？奇怪！怎麼這陣子盡發生些不可預料的事情？真是人生無常。然而，此刻她絕對不會想得到不僅如此，連她自己和湯勇、關紅玫也將大禍臨頭，並不是因為他們自己有什麼過錯，只是由於他們對突然被打成右派分子的張老師，心存同情，於是他們的學子生涯亦將被迫中斷。

含笑、湯勇、關紅玫，還有張耀華、陳曦、蕭逸，這些有抱負、有熱情的青年，為了實現美麗的夢想，本來正朝著自己的既定目標奮力奔跑，誰想得到那看似筆直、平坦的跑道忽

然中途斷裂，有的摔倒了，有的墜入深谷，未及了解不測的緣由，已經遍體鱗傷。含笑、湯勇、關紅玫不久即被勒令退學（變相開除）；張耀華被打成了右派分子，下放勞動；陳曦也因此受了牽連，被迫提前離校，去四川電影製片廠當了一名不出鏡的配音演員；而蕭逸回到上海以後，得知儘管業務很好，評委一致同意他留學蘇聯，但因政審沒有通過，最終被取消了留蘇資格。遠離北京的桃麗，絕對想不到她走了不久之後，在京城的好朋友竟有這樣不幸的遭遇，怪不得舅舅說什麼也不同意她再回去。雖然她很惦著媽媽，但一想到肅反的痛苦經歷，就不寒而慄了。

在這場突如其來的風暴中，雖然這幾個青年除了張耀華之外，其他人都不是右派分子，卻也遭到意想不到的衝擊，在此後的人生道路上，他們各自還將遇到什麼坎坷，也無從預料。

不過，比起五十多萬右派分子的命運，他們的遭遇只能說是冰山一角。反右運動中遍布全國廣大的受難者，幾乎每個人都有一個延續了近三十年，更為淒慘悲苦的故事，又豈能一一道盡啊？！

錯失

釵頭鳳　陸游

　　紅酥手，黃縢酒，滿城春色宮牆柳。東風惡，歡情薄。一懷愁緒，幾年離索。錯、錯、錯。

　　春如舊，人空瘦，淚痕紅浥鮫綃透。桃花落，閒池閣。山盟雖在，錦書難托。莫、莫、莫！

———

　　暑假快結束了，像往年一樣，開學前，咪咪的鋼琴老師要開一個學生匯報音樂會。早上七點半青雲叫醒了咪咪，告訴她外婆已經在煮早餐了，讓她趕快起床。回房見鴻發還在悶頭大睡，昨晚他喝得爛醉如泥，也不知幾點才回來的，約好今天陪媽媽去飲早茶這件事，大概早就忘記得一乾二淨了，算了，不叫他了，讓他睡吧。

　　把咪咪送到了楊老師家，老師今天要給她和幾個小朋友排練匯報音樂會的節目，讓媽媽和外婆兩個鐘頭之後再來接她。

　　下了幾天雨，今天倒出了點太陽，溫煦的陽光曬在身上，並不感到熱，一陣海風吹來，還挺舒服的。青雲見媽媽情緒似乎好些了，不像前陣子那麼沒精打彩，這幾個月來，傷心加勞累，她的確消瘦了。

　　「媽媽，天氣蠻好的，我們散散步走下去好嗎？我打電話定好位子了，現在時間還早。」青雲提議道。秀娟點點頭。

　　從麥當奴道往下走，經過花園道美國領事館，門還沒開，門外已經排著長龍了，有的人在聊天，有的人在唸唸有詞地背讀著什麼，有的人拿著麵包和一瓶飲料，邊等邊吃早餐，還有

人拿著書在看，大家都耐著性子等待著。秀娟走過時，看了他們一眼，好奇地問女兒：「這裡怎麼老是有這麼多人排隊？」

「有的申請去美國旅遊，有的申請去留學，也有申請移民的。」

「移民？」秀娟不解，「我們能從大陸出來已經覺得萬幸了，怎麼香港人還要往美國跑？」

「那誰知道，大概是這山望那山高吧。」青雲漫不經心地回答。

秀娟忍不住又回頭看了看那條人龍，不禁想起當年他們一家三口獲准來香港，在羅湖口岸也是這樣排著隊等候的，不過不像這些人那麼悠閒。那時雖然明明是得到批准出來的，但那種忐忑不安的心情這輩子都忘不了。

記得到了羅湖邊境，一顆心就噗噗地跳了起來，當邊境公安人員檢查他們的證件的時候，她緊張得心都快跳到喉嚨口了。邊檢人員板著面孔問：「去香港做什麼？」

青雲她爸爸戰戰兢兢地答道：「看女兒。」

她趕緊補充說：「女兒生了外孫女，我們是去幫她帶孩子的。」說著還使勁擠出了個笑容。那公安對照相片，上上下下打量了他們一番，然後才把證件扔還給他們。

「啊呀！謝天謝地！總算沒事。」秀娟心裡嘀咕著快步走向羅湖橋，上了橋一個勁兒不停地往前走，好像只怕後面有人追來似的。可能走得太快，青雲爸爸跟在後面走不動了，氣喘噓噓地放下行李歇一歇，回頭看了看，已經走過大半條橋了，他緊鎖的眉頭才展開，秀娟的心一下子吞了回去，提著的那口氣也放了下來。走到橋的這頭，小弟呆呆地盯著那制服筆挺的香港警察，秀娟趕緊喝住了他：「小弟，看什麼？。」隨即向

香港警察鞠了個躬，歉意地：「對不起，這傻孩子沒見過。」那警察卻只是笑了笑。

「媽媽，我們真的到了香港了？」小弟跳著腳興奮地問。

「要入了境才算數呢。快走吧！」

這木橋不過近百米，可是兩頭好像隔著萬水千山，踏上這條橋可真不容易啊，這下子總算跑了出來。她不禁跟老伴會心地笑了笑，趕快拿起行李走向香港人民入境事務處。

這會兒秀娟又回頭看了看那些排著隊的人龍，剛才頭腦裡出現的情景仍歷歷在目，這更使她感到奇怪，「咦，為什麼這些人還要走？能做香港人多不容易啊？這裡有什麼不好呢？」她心裡很納悶，忍不住問女兒：「這些人好好的香港不要住，幹什麼還要遠走高飛？」

「唉！別管人家的閒事，人家總有人家的理由吧。」事不關己，青雲沒什麼興趣研究。

時間比較早，大會堂茶樓人不多，坐在靠窗那邊的一張桌子，望著蔚藍平靜的海，青雲覺得挺舒坦的。今天難得只有她跟媽媽兩個人，不像往日咪咪嘰嘰喳喳不停地講，鴻發也愛高談闊論地吹，現在除了周圍的談話聲，倒顯得比較清淨。

爸爸走了六個多月了，媽媽心情總是不大好，青雲因為無意中發現又懷上了，心裡也很煩，都怪那天晚上鴻發又喝得醉醺醺的，不然也……

點心端上來了，「媽媽吃呀，這些日子您都瘦一圈了，快多吃點。」

望著那籠糯米雞，秀娟嘆了口氣：「唉！這是你爸爸最愛吃的，他說像糉子。」說著，眼圈又紅了。

「媽媽，別難過了，這些年爸爸受夠了病魔的折磨，現在

走得總算還比較安詳，他也得到了解脫。」

「不過，我們剛過上幾年好日子呀……要是他能再多活幾年，你弟弟也快畢業回來了，你再生個外孫子，那他該多高興哪。」

「外孫子？哼……」青雲皺起了眉頭。

「怎麼？你又不舒服了？」

「還不是老頭暈噁心，真不想要了。」

「哦，可別瞎說，鴻發還不知道多麼盼你生個兒子呢，反應麼，總會過去的。」

「一個已經夠忙的了，再來一個，誰受得了？」

「一男一女正好，在大陸，你想生還不准生呢。這不，還有我幫你帶麼。」

「這些年媽媽您不覺得累嗎？爸爸身體一直不好，除了照顧他，你還得帶咪咪，買菜、做飯，又要經常招呼鴻發那幫狐朋狗友。您都快六十了，千萬別累出病來。」

「嗨，沒那麼嚴重，人就像橡皮筋，緊一緊、鬆一鬆，不會那麼容易斷的。再說你生個兒子我高興呀，將來咪咪也有個伴麼，鴻發更是巴不得呢。」

說起老公，青雲噘著嘴：「都是他，討厭！以後他可不能老是帶人來打麻將了，還連吃帶喝的，煩人！」

「哎呀，算了，他喜歡熱鬧，再說，也是為了做生意麼。」

秀娟對鴻發總有一份感激之情，要不是這個女婿想盡辦法，他們一家人怎麼可能在文革前從上海來到香港？總算逃過一劫。在大陸，老公的病恐怕也拖不到今年，就算不病死，文革還不得被整死？小弟更沒有可能去澳洲讀書，一定去上山下

鄉了。如今鴻發都快四十五了，想要個兒子接香火，也不算過份麼，女兒前兩年總說咪咪還小，不肯再生，鴻發都遷就她，這回是意外受孕，他真是喜出望外，青雲也不好說什麼。她這陣子不知怎麼了，總是不高興，鴻發還以為她是因為爸爸去世呢，可是秀娟看得出來，其實她真的不想再生了。秀娟心裡何嘗不明白，女兒這段婚姻，是強扭的瓜不甜，為了這個家真難為她了，不過時隔多年，生米都煮成了飯，一家人還不得好好地過日子麼。

母女倆飲完茶走出茶樓，秀娟要去洗手間，青雲說：「我在大堂等您，一會兒您搭小巴去接咪咪，我去街市買隻活雞。」

「那好，要是有新鮮蠶豆也買點，鴻發愛吃。」

青雲在大堂等媽媽，信步轉轉，隨便看看張貼著的廣告。英國的一個芭蕾舞團下個月要來演《胡桃夾子》，誒，這個咪咪一定喜歡看。女高音江樺又要開獨唱音樂會了，哦，這回她要唱《蝴蝶夫人》的詠嘆調《晴朗的一天》，太好了！驟然間，那熟悉的旋律彷彿在耳邊迴響。這首歌還是那年蕭逸帶她去看他們學校排練的《蝴蝶夫人》片段，頭一回聽到的，當時她就迷上了，可是蕭逸說這首歌最高音到降B呢，對她來說音域太寬，叫她再好好練練聲，以後再教她唱。

以後、以後，以後成了遙遙無期……，猛然，一顆心墜了下去，她趕快躲開那廣告，往前走去，繞到對面還有些音樂會的海報，室內樂、小提琴獨奏、交響樂……。突然，迎面一張熟悉的臉正朝著她微笑，一陣頭暈，她趕緊扶住廣告牌的架子，「怎麼了？我發昏了？」再走近一點，瞪大眼睛仔細看，「是他，怎麼是他？！」定定神想再看清楚些，慌忙伸手到手

袋裡搜索眼鏡。

　　秀娟從洗手間出來，見青雲的眼鏡盒掉在地下，走過去幫她撿起來，「喂，大頭蝦，眼鏡盒不要了？你在看什麼呢？」

　　「媽，您看！」

　　「蕭逸！」秀娟自言自語：「他，他真的出來了？」

　　「媽，您說什麼？他不是在內蒙嗎？」青雲以狐疑的眼光望著媽媽，「怎麼？您知道他出來了？」

　　秀娟心虛地：「我，見鬼了，我怎麼會知道他出來了？」

　　「那，您剛才怎麼說……」

　　「我，我說什麼了？那，那這些年，大陸不是好多人都跑出來了嗎？有什麼大驚小怪的，走吧，別看了，他跟我們有什麼關係啊？」看看手錶：「快十二點了，走吧，咪咪等著呢。」

　　「不，您讓我看清楚。」青雲戴上眼鏡讀著：「男高音歌唱家蕭逸在意大利深造歸來。深造歸來？歌唱家？意大利？」

　　簡直難以置信，她再走近前去仔細看，雖然他胖了些，但那雙會說話的眼睛，那有點調皮的嘴角，挺拔的鼻梁，都沒有變，沒有變。「是他，是他！他怎麼去了意大利啊？」她忘情地走近，用手指輕輕撫摸著蕭逸的臉，一串熱淚順著臉頰淌了下來。

　　見女兒傻了似的，旁邊的幾個人都好奇地望著她，秀娟趕快上前，「青雲！走吧。」一把把她拉到一旁，心疼地摟住她的肩膀，在她耳邊輕輕地說：「別犯傻，現在他是他，你是你，事情都過去了，這是命哪，算了吧，我們走。」可是青雲好像不知道媽媽在說什麼，她迷茫地看著她的嘴，只聽見她在那裡一遍又一遍地重複著：「你真的要跟他去內蒙古？那可不

是去兩三天哪，那是一生一世，一生一世啊！天寒地凍，戈壁沙漠，你吃得消嗎？再說，跟著他，一輩子也別想擡起頭來了呀……。」

青雲一言不發，呆呆地看著前面，忽然甩開秀娟，衝了出去。見她衝向皇后碼頭，嚇得秀娟趕緊跟著她：「青雲！你要幹什麼呀？！」青雲跑到碼頭上，覺得頭暈眼花，靠著白色的圓柱子，失聲痛哭起來。

「你看你，像什麼樣子？現在你是有家，有孩子的人，別像小孩子那樣，而且你也過得不錯麼，鴻發對你那麼好……」

青雲忽然發作了，「好？有什麼意思？我跟他根本沒有愛情。」說著，越發地委屈起來。

「啊呀！什麼愛情不愛情的，你真是瓊瑤的小說看多了，都這麼大的人了，總得現實點吧。」

然而，像打開了閘門，封存了多年的回憶，猶如洪水，一下子不可阻擋地湧了出來。一堆堆往事，一串串回憶，排山倒海似的來到眼前，她像一個不會游泳的人，突然掉進茫無邊際的大海，一時間簡直無法抵擋巨浪的沖擊……

「快別胡思亂想了，你有老公，有孩子，可不能任性，聽話。」

青雲雙手摀住了臉：「夠了，媽，夠了！別說了，行不行？您走吧，您走！」忽然，像哀求似的：「讓我一個人在這兒吹吹風，靜一會兒行不行？」

秀娟知道這會兒說什麼都沒有用，女兒雖然從小脾氣好，不惹急她，總是蠻聽話的，但是偶爾急了，也會發脾氣，哭一場發洩發洩，也就沒事了。不過這件事非同小可，她憋了好幾年，這張倒霉的海報，成了定時炸彈。嗨，算了，早晚會有這

麼一天的，現在唯有讓她一個人在這裡哭哭、想想，過一陣再回家也好。

她盡量以冷靜的語氣說：「那，我先走了，咪咪肚子一定餓了。你坐一會兒就回家吧，下午我去買雞。」

青雲把打了包的兩個蓮蓉包遞給媽媽。秀娟心想，「她還想著孩子，該不會有什麼事的，回家再慢慢勸勸她。」她一步一回頭地走去，見青雲還在那裏呆呆地望著海，做媽的實在是心有不忍，可是，有什麼辦法呢？唉！有緣無份，命中注定的呀，誰讓蕭逸他爸不知天高地厚，硬要雞蛋往石頭上撞呢？！

二

望著碧藍的海，捲起層層白色的浪花，青雲的心也翻騰起來，一陣陣心潮起伏……

初次認識蕭逸，還是在藝術師範上學的時候，他是上海音樂學院聲樂系畢業班的學生，被派到他們學校來輔導，幫他們排練合唱。這個高高瘦瘦長得很清秀的青年，為人隨和，大家對他印象都很好，青雲更深為他優雅的指揮姿勢，甜美的聲音吸引，一見到他不知不覺有一種從未有過的感覺。有一次他請假沒有來，青雲整天都失魂落魄的；可是當他來了，課間休息時，別的同學都圍著他問長問短地跟他聊天，青雲卻不敢上前，總是躲在後面靜靜地聽著。要不是小學時的同學陸含笑的突然出現，可能她跟蕭逸在人生的道路上，只會擦肩而過。

那是一個星期六的黃昏，秀娟正在廚房裡準備晚飯，坐在小板凳上摘菜，聽見有人敲門。她站起身去開門，見門口站著一個笑盈盈的女青年，很面熟。

「張阿姨，您不認得我了？我是陸含笑呀。」「啊呀！陸含笑，你看看我這近視眼，不過你走的時候還是個孩子麼，現在是個大姑娘了，快進來。」秀娟掰著手指頭算：「可不是嗎？都快七年沒見了，今年你該十八歲了吧？跟我們青雲同年的，對嗎？你什麼時候回來的？」

「我昨天剛到，我是來看外婆的。」

「哦，來探親，探親，好啊。青雲還沒放學，她快回來了。」

秀娟把含笑讓到客堂裡，含笑發現客堂好像縮小了，秀娟湊到含笑跟前輕聲地說：「你看，現在我們這兩層樓的石庫門房子[24]，住進來好幾戶人家，我們和小弟就擠在樓上那個房間裡，青雲只好住亭子間[25]。樓下也只剩下這麼小的地方吃飯，隔出去一大半，分給了一對夫婦住，是里弄幹部。」她拉著含笑坐下，仔細打量她，「真是個大姑娘，漂亮多了，皮膚也嫩滑了，到底是香港生活好啊。怎麼樣？你爸爸媽媽他們都好吧？」

含笑低頭難過地：「我媽媽還好，爸爸今年夏天剛剛去世。」

「哦呦，他不大老麼，沒有六十吧？」

「爸爸身體一直不怎麼好，多年的肺病。」

「唉！那你媽媽還好嗎？有沒有跟你一道來？」

「沒有，她心情還沒有平復，我是去北京上大學，順便來

---

[24] 是上海一種獨特建築風格的房子，也是近現代上海民居的主要形式。它是從傳統的江南民居建築式樣和英國傳統排屋建築式樣融合演變而成的一種中西合璧的建築風格。

[25] 是石庫門房子里最差的房間。它位於灶披間之上，曬台之下，高度約2米，面積約6.7平方米，朝向北面，大多用作堆放雜物，或者給傭人居住。

上海看看外婆的。」

「媽媽，我回來了。」青雲像往日一樣準備上樓去換衣服。

「青雲，別上樓，快來看，誰來了？」

青雲走進客堂，看見媽媽身旁的含笑，一下子楞住了。雖然前幾個月曾收到過她的來信，說起她今年可能會回來上大學，還會來上海看外婆。不過青雲總是將信將疑，香港那麼好的地方，他們全家都去了那邊，她怎麼會捨得回來？可是眼前站著的分明是她小學時最要好的同學陸含笑麼。

兩個小朋友七年沒見了，心裡有許多話不知道從哪兒說起。

「走，上我房間去。」

青雲拉著含笑的兩隻手端詳著她，只見她穿著一件白襯衫，一條藍布褲子，一雙黑布鞋，身上揹著個灰色的帆布包，剪的是短髮，越看越覺得這不是她想像中的含笑，「含笑，你變樣了。」

「七年都過去了，怎麼能不變？」

「不是你的長相，我是說，你的裝束、神態，怎麼跟我們這兒的人一樣？」

「是嗎？那好啊，人家看不出我是從香港回來的。」

「我還以為你準是像那年給我寄來的照片那樣，燙著頭髮，穿著裙子，挺時髦的樣子，沒想到你比我還樸素。」

「我是回來上大學的麼。」

「香港沒有大學嗎？」

「我為什麼一定要在香港上大學？」

「你怎麼捨得離開那裡？」

「那有什麼不捨得的，那是英國人的殖民地，又不是自己的國家。」

「那你捨得你爸爸媽媽？」

「我爸爸剛剛去世，現在只有我媽媽和三姐在香港。」

「哦，真不幸。那，你媽媽不回來嗎？」

「我三姐考上香港大學了。」

青雲奇怪地問：「那你也應該在香港讀大學麼，還可以陪陪你媽媽。」

「我想學戲劇，我考上北京的戲劇學院了。」

「是嗎？你真了不起！」青雲有點不好意思：「我沒考上大學，去年考上了兩年制的藝術師範學校。」

「那也挺好的麼，你不是很喜歡孩子嗎？而且你又會唱，又會跳，可以教他們唱歌跳舞呀。」

「那倒是。誒，我告訴你，最近音樂學院還派了個老師來輔導我們呢，我發覺學聲樂蠻有意思的。那個老師蠻好的，很耐心、很有修養，他還幫我們排練合唱。他的指揮姿勢可帥了，嗓音也特別美，是個男高音。」

含笑見平時話不多的她，講起這位老師如此滔滔不絕，心裡覺得挺好笑的：「你挺欣賞他的麼，你是不是喜歡他了？」

「別胡說，我跟他根本不熟。」

「你瞧，臉都紅了，還不承認。」

「你壞！」說著就去咯吱含笑。

「不過，你可別喜歡上個老頭兒啊。」

「人家是聲樂系的大學生。」

「那還差不多，哈哈！你找到白馬王子了⋯⋯」含笑說著又笑起來，青雲用拳頭捶她的背，兩個人正開心地鬧著，忽然聽見媽媽在樓下叫。

「青雲，有人找含笑！」

「誰啊？」

「哦，準是我爸爸朋友的兒子蕭逸哥哥。」

「蕭逸？！」青雲聽到這個名字，心突突地跳了起來，兩個姑娘飛快地跑下樓去。

「你怎麼這麼早就下課了？這是蕭逸，我爸爸的好朋友蕭叔叔的兒子。」

蕭逸望著青雲驚訝地問：「張青雲，你住在這裡？」

「你們認識？」

青雲臉紅了，「他是來我們學校輔導的老師。」

「原來是他，說曹操，曹操就到，嗨，我剛才怎麼沒有想到呢？」含笑忍不住笑出了聲。

秀娟高興地說：「那麼巧，那好，你們倆都在這兒吃晚飯吧。」

「不了，蕭叔叔約我今天去他們家吃飯，他是來接我的。」

「哦，那明天來，明天來，青雲也該酬謝酬謝老師啊。」青雲不好意思地望著地板，抿著嘴笑。

含笑問蕭逸：「明天晚上你有空嗎？」

蕭逸點點頭，青雲躲在媽媽背後悄悄地看了他一眼。蕭逸遲疑地對含笑說：「如果你晚上自己認得路回去，明天我就不用來接你了。」

秀娟奇怪地問：「她不就住在隔壁那條街嗎？」

「我爸爸讓她明天搬到我們家去住，她外婆家太擠了。」

秀娟愣了一下，「哦……」不過馬上又熱情地說：「那正好吃完飯你可以跟她一起回去麼，過不了幾天含笑就要去北京上學，一起來熱鬧熱鬧，難得的，別客氣。」

「阿姨，那好吧。」

　　秀娟坐在小巴上，腦子裡也出現了初次見到蕭逸的情景。頭一眼就覺得這個小伙子長相挺俊，人也斯斯文文的。聽含笑說，他家裡是開紗廠的，爸爸年輕時在美國留學，現在他還是個政協委員呢，住在巨鹿路的一棟花園洋房裡，家境非常好。蕭逸自己業務也很好，是上海音樂學院的高材生，可謂前途無量。青雲要是能交上這麼個男朋友，那該多好，不過他們家跟含笑家是世交，他們倆從小就在一起玩，他會不會對含笑有意思呢？而且他們兩家又是門當戶對，秀娟這個擔心倒也不是沒有道理。

　　抗戰結束後在上海的那幾年，蕭逸跟比他小三歲的含笑常在一起玩，蕭逸有輛從美國帶回來的寬胎新型自行車，含笑很好奇想試試，她剛學會一點，蕭逸就扶著車把教她轉彎。蕭劍光和他太太夏萍都看得出來，兒子被含笑這熱情活潑的小姑娘吸引了，那時他們年紀還小，雙方父母私底下倒是半開玩笑地說過，要是將來這兩小無猜的小朋友，能夠成為一對也不錯呀。

　　解放前夕蕭劍光曾去香港探路，考慮要不要把紗廠搬去香港。後來他聽含笑的父親陸慶和說，中共是要團結民族資產階級的，更何況他的紗廠在上海已經辦得很成功，到香港來重起爐灶，不見得容易。於是他決定不去香港，還是在祖國參加建設，這樣他們一家就留在上海了。

　　現在過了七年，蕭逸再次見到含笑，她已經是個亭亭玉立的大姑娘。可是這次面對她，他卻有點莫名其妙的緊張，是她那洋溢著革命激情的眼神使他慌亂？還是她那敏銳的感覺和過於直率的談吐，令他不知怎樣應對？總之，在她面前，他常常

不曉得該如何自處，尤其當她單刀直入地說什麼：「青年人應當力爭上游，蕭逸哥哥，你一定爭取入黨了吧？」他更答不上來了。她還對青雲和秀娟說：「蕭叔叔可愛國了，你們知道嗎？他們紗廠出的國產花布，質量真不錯，去年第一次進口香港，我們許多同學都買來做裙子，國慶節那天穿著到中國銀行門前照相，感到特別自豪。」

蕭逸這個生活在上海的紗廠老闆的獨生子，面對從香港回來的愛國青年陸含笑，不免有點拘謹，他發現她完全變了，不再是那個調皮、愛笑，好幻想的小女孩，不知什麼時候她變得那麼激昂，那麼一本正經。而她的同學張青雲，卻完全不同，她是那樣膽怯、害羞，連正眼都不敢看他一眼，很奇怪，在她面前，他整個人反而比較輕鬆自如。

一個星期後，含笑離開上海去北京上大學，秀娟才放下了心裡的一塊石頭。後來那些日子，見青雲回家總是眉開眼笑的，想必跟蕭逸已經開始交朋友了。果然不出所料，一天女兒回來，圍了一條很漂亮的新絲巾，問她哪兒來的？她羞澀地說是蕭逸送她的，還是舶來品呢。看來他們的關係進展得還不錯，秀娟不免心中竊喜。

女兒有蕭逸這樣的男朋友，真是羨慕死周圍的鄰居了，弄堂裡常有人跟秀娟開玩笑，說她找到了東床快婿，要相貌，有相貌，要學歷，有學歷，要身家，有身家，真是打著燈籠都沒處找，這是前世修來的姻緣。還有人說是青雲爸爸給她取名字取對了，青雲、青雲，這不真的平步青雲了嗎？說得秀娟都心花怒放了。可不是嗎？不僅蕭逸本人討人喜歡，他爸爸蕭劍光在上海也算是個有頭有臉的人物，可是一點架子都沒有。蕭媽媽是位鋼琴老師，為人謙和，很有修養，還很喜歡青雲呢，她

主動輔導青雲彈鋼琴，讓青雲幫蕭逸彈伴奏，兩個小青年，由此增加了接觸的機會，感情發展得很自然、很順利。中秋節兩家還見了面，一起吃了頓團圓飯，看得出來蕭逸的父母對自己溫順的女兒挺滿意的。

　　不久聽說蕭逸可能會被學校選中，送往北京參加留學蘇聯的預備班，能去蘇聯留學，兩家都非常高興。不過真要選中的話，一去就得兩年，秀娟考慮免得夜長夢多，不如讓他們早點把婚事辦了，可是她爸爸說青雲還年輕，不要這麼猴急，要提親也得人家男家提出來，秀娟不同意：「你太古板了，你不知道，去了蘇聯那些外國姑娘可主動了，蕭逸這麼好的小伙子，讓人家搶了去怎麼辦？要麼讓他們先訂婚吧。」青雲她爸爸覺得時間太倉促，還是不大好，青雲也說：「留蘇的事還不知成不成呢，媽媽您急什麼呀？」

　　「嗨，真是皇帝不急，急死太監，你不想把事情定下來嗎？」

　　青雲臉紅了，低下頭說：「除非蕭逸他們家有這個意思。」

　　「那什麼時候我去跟他媽媽商量商量。」

　　青雲搖頭：「唔，您先別去，我們認識還不到一年呢。」

　　「是啊，別弄得好像我們怕女兒嫁不出去似的。」

　　這事就這麼拖了下來，秀娟這時候想：「幸虧她爸攔阻，要不，青雲就倒大霉了，啊呀！真是菩薩保佑！做夢也想不到，一年後在反右鬥爭中蕭逸他爸竟然會出大事，這從哪兒說起呢？真是禍從天降，唉！天不從人願哪！一段好好的姻緣就這麼給斷送了，這怪誰呢？也不能全怪我呀，天底下哪個母親不心疼自己的女兒呢？」

三

　　天星碼頭一帶總是人來人往，穿梭不絕，星期天更是人頭
湧湧。有的趕著去搭渡輪，有的去的士站排隊，有的跑去擠巴
士，有的來皇后碼頭乘私家遊艇出海，各有各的去處。在繁忙
的人群中，在一片喧囂聲中，青雲覺得自己像一隻離群孤雁，
分外寂寞。

　　「蕭逸啊，真沒想到此刻我們會在同一個城市，但人海茫
茫，你在哪裡啊？也許你就在附近。十多年了，你可能早就忘
了我了……」想到這裡，青雲心酸難忍，用手絹輕輕抹著眼
淚。忽然，她站了起來，轉身走回大會堂，見廣告牌上寫著明
天是他們最後一場音樂會，她三步併作兩步急忙跑到售票處，
幸虧還沒有滿座。

　　買了兩張音樂會的票，走出大會堂，見鴻發三叔的女兒巧
巧穿著一條藍綠相間夾著金線，鮮艷奪目的裙子，在風中飄啊
飄的，像隻開屏的孔雀，迎面走了過來。

　　「嫂子！你來買票？」

　　「巧巧，真漂亮！上哪兒去？」

　　「我剛跟朋友喝完咖啡，現在去看電影。」

　　「你平時上班忙，星期天是該玩玩。」

　　「是啊，現在不玩，將來也許沒時間玩了。」

　　「怎麼會沒時間？」

　　「我可能要去加拿大進修。」

　　「是嗎？什麼時候？」

　　「八字還沒有一撇呢，沒那麼快。」

望著巧巧開心的樣子，不知為什麼，青雲有點失落，「唉！她都要走了，我真是連個伴都沒有了。」在這個繁華的都市裡，她忽然發現自己竟沒有什麼朋友，心靈的孤寂，有誰知曉？

巧巧見青雲手上拿著兩張票，奇怪地問：「怎麼？你要跟鴻發哥來聽音樂會？唷，那真是太陽從西邊出來了。」

「他才沒興趣呢，我帶咪咪來。」

「我聽過這個音樂會，很精彩，那個男高音歌唱家聲音美，人也很帥。」她忽然湊近青雲，神祕地小聲說：「你知道嗎？聽說他呀，是前些年從大陸偷渡出來的，還在這裡的琴行教過鋼琴呢，後來考到獎學金，才去美國學聲樂的，現在人家可成名了。」

「偷渡！這怎麼可能？！不，不會的，他不會的，那多危險啊？！」

「可不是麼，那準是逼不得已吧，不過冒險也值得，人家現在是大歌唱家。我要去看電影了，改天再談吧。」

青雲呆呆地望著巧巧的背影，一下子簡直無法承受這震撼的消息，突然覺得胸口有點悶，趕快走到外面透透氣，找了一個凳子坐下，深深地吸了一口氣，儘量讓自己鎮靜下來。

這個星期天風和日麗，不少人都到海邊來走走。一批遊客靠著碼頭的欄杆照相留念，青雲不禁想起蕭逸要去北京參加留蘇預備班的前一天，他倆也曾在外灘黃浦江邊散步照相。儘管黃浦江水不算美，但那時的他們興致勃勃，覺得什麼都美；現在，望著碧波蕩漾的海水，她卻隻身一人，心事重重。雖然微風吹來，平靜的海面只泛起層層漣漪，可是她的腦海裡卻翻滾著驚濤駭浪。

「他真是偷渡出來的嗎？怎麼會呢？怪不得媽媽剛才吞吞吐吐……，她一定早就知道了。」青雲無法想像蕭逸怎麼敢偷渡，「雖然當年你為了唱好歌，練好氣，曾經用心地堅持練習游泳，可是那是在游泳池裡來回地游呀，儘管能不停地游上幾百米，你怎麼可能跳進怒海，游幾個鐘頭呢？那隨時都有生命危險的呀！」青雲越想越害怕，越想越心疼。

「為什麼會弄到要偷渡的地步？，是闖了什麼禍嗎？還是家裡又出了事？蕭叔叔不是已經去勞改了嗎？還能怎麼樣呢？難道蕭媽媽也挨整了？要是我沒有離開他，有什麼不痛快，身邊也有個人可以說說，一定不會拼死去偷渡的……這到底是為什麼？究竟發生了什麼事？」青雲心裡一團亂麻、一堆問號，沒人能為她解答。她恨不能立刻找到一個人問問清楚，可是去問誰呢？

混混沌沌回到家裡，鴻發正攤在沙發上看報紙，她木然地走向房間。「誒，你怎麼這麼晚才回來？媽媽跟咪咪去買雞了，吃過晚飯三嬸要過來打麻將。」

青雲厭煩地：「要打你們打。」

鴻發關切地問：「你怎麼了，又不舒服了？」

「頭暈。」說完就走進房間。

新婚後初到香港時，鴻發一有空就帶她到處轉轉，淺水灣、石澳、赤柱、太平山、虎豹別墅，陪她玩了個夠。她最愛照相，鴻發給她拍了許多照片寄回家。中環、銅鑼灣的大公司也都逛了，鴻發給她買了些首飾，還有不少漂亮的衣服、鞋子、手袋什麼的。她那心底的空虛，一時被一種新鮮感沖淡了。

　　不過最氣人的是，一到香港，就發現鴻發的身分證上明明寫著他是1929年出生的，那為什麼他一直說自己才三十歲，比她大八歲，實際上他已經三十五歲了。氣得她寫信給爸爸媽媽說她上了當。可是他們卻來信勸她不要太計較年齡，人好是最重要的，再說老夫少妻，老公一定會更加疼她。那倒也是，鴻發總是百般地哄著她，只要是她喜歡的東西，都盡量買給她。回上海探親時，里弄裡過去跟她一起長大的的小朋友，誰不羨慕她啊？想起六十年代初挨餓的苦日子，說真的她也不願意再過那種生活了。對鴻發來說，娶得這麼年輕貌美的妻子，不僅會彈鋼琴，還會唱歌，在朋友面前，他覺得臉上有光，這可以算是他人生的一大成就。他早年喪父，在家鄉靠上海的三叔接濟才讀完了中學。三叔自己沒有兒子，只有一個女兒，1948年，一家遷居香港時，就把這個侄子帶了出來做幫手，在他開的進出口公司裡做事。

　　青雲到了香港，除了喜歡逛商店、看電影，還喜歡聽音樂會、跳舞。剛認識鴻發時，聽他說他也喜歡音樂，喜歡跳舞，其實根本不是那麼回事，他只不過會哼哼幾句流行歌曲，跳舞也像踱方步似的，哪裡像蕭逸帶著她跳探戈，那麼合拍，那麼瀟灑自如，而鴻發死板板的，跟他跳舞一點意思都沒有。叫他去聽音樂會吧，那他更是捨命陪君子，雖然穿得西裝筆挺，但聽不了一會兒，就瞌睡了，甚至還打起呼嚕來；青雲很不好意思，得不時用胳膊肘推醒他，好聽的音樂也變得索然無味，從此以後再也不想跟他一起去聽音樂會了。

　　鴻發最拿手的是打麻將，一上牌桌，整個人都精神了，他三嬸也是個牌迷，週末常常打電話來叫他們去打麻將。青雲不會，鴻發再三勸她學，她知道三叔是他的恩人，雖然她對打牌

一點興趣都沒有，為了湊興也不得不學，這樣的日子越過越
悶。幸虧三叔家的表妹巧巧愛看小說，家裡有許多書，她借了
幾本瓊瑤的小說來看，一看竟然著了迷。平時鴻發去上班，她
一個人在家就看小說打發時間，有時還跟巧巧去看美國電影，
可是越看那些纏綿癡情、蕩氣迴腸的電影和愛情小說，她愈加
無法忘卻自己那段刻骨銘心的初戀，對著眼前的鴻發，越看越
不順眼，真是沒什麼話想跟他講，要不是後來爸爸媽媽、小弟
都出來了，這日子還真不知道怎麼過下去呢。

四

　　音樂會散場後，有個招待會，不少人等待著一睹兩位音樂
家的風采。青雲此刻卻猶豫了，有點想走，可是又想近距離看
看久別的蕭逸，兩條腿挪不動了，呆呆地站在那裡。咪咪拖著
媽媽的手，往人群裡擠，孩子從來沒有參加過這種場合，非常
好奇。
　　「各位來賓，今天你們冒雨前來參加蕭逸先生和沈靈達小
姐的音樂會，他們非常感謝，現在我們準備了一些茶點水果，
飲料和紅酒，請大家品嘗，各位請隨意。」以清脆的聲音講話
的是那位報幕的小姐。青雲拉住咪咪，「人多，別往前擠，我
們就在這裡看看算了。」她扶著一根柱子，半個人倚在柱子的
後面，只見有人向蕭逸和那位女鋼琴家敬酒，他們也熱情地招
呼著來賓。
　　蕭逸一邊往前走一邊跟觀眾們打招呼，一一握手，越走越
近，青雲正想躲閃，咪咪卻拉著她往前湊，孩子很興奮，也想
跟大歌唱家握握手呢。忽然，蕭逸看到了一張永遠也不會忘記

的臉，一對水汪汪的眼睛正悄悄地凝視著他。世界上幾乎沒有第二個人是用這樣的眼神看他的，羞澀中帶著欣賞，甚至有幾分崇拜。這水汪汪的眼睛就像一面鏡子，鏡子裡面的他永遠是最好的。

那年在學校為選拔去蘇聯留學而開的匯報音樂會上，他多少有點緊張，正是接觸到臺下她的這雙眼睛，信心即時倍增，唱得格外出色，尤其是最後唱意大利歌曲《負心人》的時候，臺下這雙眼睛裡的淚光，使他更以滿腔的激情唱完了這首名曲，最後的那個高音發揮得特別好，在一片熱烈的掌聲中，贏得了評判的一致讚賞。

可是這雙眼睛此刻好像發現了什麼，急忙避開，低著頭轉身要走，蕭逸不由自主地快步走了過去，「青雲！是你嗎？」青雲一怔，雙腳好像被地心吸力吸住了。

「青雲！」

「媽媽，那個唱歌的叔叔在叫你呢。」咪咪擋住了媽媽的去路。

「沒想到你會來。歡迎、歡迎……這是？」

「我女兒，咪咪，叫蕭叔叔。」

「叔叔您唱得真好聽，把我媽媽都唱哭了。」

「是嗎？蕭逸，你看你的歌聲多有魅力？」穿著一身深紫色晚禮服，肩上披著銀灰色閃亮的薄紗巾，神態飄逸而又穩重的沈靈達一邊說著漫步走了過來。

蕭逸有點尷尬：「哦，這是我太太，LINDA，這是我在上海時的老朋友張青雲小姐。」

靈達伸出手去，跟青雲握了握：「你好，在這裡能遇見老朋友，太好了，歡迎你。」

「老朋友？」青雲一陣心酸，眼眶中閃爍出晶瑩的淚花。

沈靈達好像什麼也沒看見，低頭撫摸著咪咪的頭，親切地問：「小朋友幾歲了？」

「七歲，阿姨，您彈琴彈得太好聽了，我也在學琴，媽媽說等我長大以後要我也做鋼琴家呢。」

「噢，你一定行的。她多可愛，很機靈、活潑呀。」沈靈達對青雲說。只見眼前這位少婦身穿一件湖綠色的旗袍，套著白色鏤空的短外衣，一條白金項鏈下吊著一顆心形的翡翠鏈墜，畫龍點睛似的，在淡雅的裝束中透露出她仔細打扮的一番心思。一頭烏黑的秀髮下是一張白淨的圓臉，細長的鳳眼配著小巧的鼻子和薄薄的嘴唇，不僅容貌秀美，還帶點孩子氣，但不相稱的是眉宇間卻略帶幾分憂鬱。靈達的一顆心像明鏡似的，這大概就是蕭逸難以忘懷的初戀情人吧，的確讓人憐愛，她隨即和藹地問咪咪：「小朋友你想吃蛋糕嗎？阿姨帶你去拿。」

「媽媽？」咪咪要拉媽媽一起去。

「我們幫你媽媽拿好了。」靈達牽著她的小手，咪咪高興得一跳一蹦地跟著她走了。

蕭逸望著青雲，千言萬語不知從何說起，猶豫片刻，輕聲問：「十幾年了吧？你女兒都這麼大了，是六一年收到你寄來的喜帖的……」

「啊？！什麼喜帖？」青雲驚呆了：「我連你的地址都沒有，我怎麼能……」

蕭逸詫異地：「我給你的每封信上都有地址的呀，你怎麼會……？」

青雲愕然，滿腹委屈湧上心頭無法按捺：「我什麼時候收

到過你的信啊？」

「你沒有收到我的信？一封也沒有？」青雲搖搖頭，「那可奇怪了，我寫過許多信給你，怎麼會都丟失了呢？」

「許多信？哪有啊？去你家，你媽媽下放了；去學校，你那邱蘭老師也被打成右派，去勞動了；給含笑寫信，她也沒有你的消息，你叫我怎麼……」兩行熱淚淌在臉頰上，青雲趕緊掏出手絹，背轉身去……

蕭逸有點迷茫，望著眼前這楚楚可憐的淚人兒，他的心一陣抽痛，突然，時光倒流，彷彿又回到了十幾年前離別的那一刻，他幾乎忘卻了身處大庭廣眾中，情不自禁走上前去，一把握住了她的手，「青雲，我還以為你不想再……」

「什麼？！我……」環顧左右，有人好奇地看著他倆，青雲受驚似的，立刻抽手退後，見靈達正帶著咪咪走了過來，她猛地轉身跑向洗手間。蕭逸望著她的背影，神色黯然。

「叔叔，我媽媽呢？」

「噢，她去洗手間了。」

見媽媽從洗手間出來，眼圈紅紅的，「媽媽，你眼睛怎麼了？」

「沒什麼，可能是有點灰進去了。」

靈達把一杯飲料遞給青雲，她卻待在那裡，沒有反應，「咪咪，給媽媽。」

青雲如夢初醒：「噢，謝謝！」

這時幾個青年男女圍了上來，「蕭先生，您唱得太好了！給我們簽個名留念吧。」

蕭逸勉強地笑著，靈達一一為他們簽了名，把筆遞給蕭逸。

「蕭先生您唱得太棒了！聽說蕭先生是米蘭歌劇院的客席

男高音，您一定和許多世界著名歌唱家合作過吧？」蕭逸一邊
簽名，一邊點點頭。一個男青年羨慕地：「您真是我們華人的
驕傲。您這次是回香港來定居了吧？真想拜您為師。」

「我們經常住在臺灣。」

青年失望地：「太遺憾了，那接著你們又要到哪裡去演出
呢？」

靈達：「明天早上十點我們會先回臺灣去，下個月要去歐
洲演出。」

「那可不可以跟我們一起照個相留念？」靈達點點頭。

照完相有個女青年很留戀地問道：「你們什麼時候再來香
港演出啊？」

靈達笑得甜甜的：「後會有期。」

青雲悵惘地在心中重複著：「後會有期……？」

蕭逸回頭看了青雲一眼，正想再過去跟她說點什麼，可是
有幾位外賓迎面走了過來。

望著熱情大方的靈達，風度優雅的蕭逸，跟幾個外賓用英
語交談著，青雲忽然有一種很陌生的感覺。這個身穿燕尾服的
男士，真是她曾日思夜想，最親的人嗎？如今雖近在咫尺，卻
覺得那麼遙遠，她好像進入了另一個世界，突然感到異常的尷
尬、拘束，渾身都不自在……「我傻站在這裡幹什麼呀？」

此刻，什麼也不想說，什麼也不想問了，不知為什麼，一
刻也不想待在這裡了，只想趕快逃離這個地方。

耳邊又響起報幕小姐清脆的聲音：「各位來賓，蕭逸先生
伉儷今晚非常感謝大家的光臨，現在外面風雨比較大，聽說即
將掛上三號風球，所以我們的聚會暫時到此結束，將來他們到
這裡來演出的時候，歡迎各位再度光臨。謝謝！謝謝！」

　　觀眾陸續退場，青雲拉著咪咪趕緊隨著人群往外走，靈達從人群中急忙走過來：「張小姐、咪咪，什麼時候有空來臺灣玩玩吧，這是我的名片。」她把名片遞過去，隔著幾個人青雲好像沒聽見，急著走去，咪咪卻踮起腳伸手接了過來。「咪咪，一定給我們打電話呀。」青雲回頭擺擺手，以示告別，咪咪可高興了，大聲叫著：「好，沈阿姨，我們一定去臺灣找您，拜拜！」蕭逸茫然地站在人群後面，看著那雙水汪汪的眼睛，再也沒有回頭望他一眼，就此消失在大會堂外的風雨中……

　　出了大會堂，頂著風雨向的士站走去，一把漂亮的折疊傘，翻轉了。急著弄傘，手裡那張有蕭逸照片的精緻的節目單飛走了，伸手去抓，大風一下子奪走了它，青雲無奈地望著它在空中飄啊、飄啊，飄落到海水的浪花裡，眼睜睜地看著它忽高忽低地漂浮著，越漂越遠，越漂越遠，在她眼前漂失得無影無蹤……

　　遠處一道亮光，把天空劈成兩半，接著一聲驚雷，「媽媽，打雷了！」女兒的呼叫驚醒了她，她急忙摟著咪咪，跑向的士站，上了的士，拿手絹一個勁兒地為咪咪抹著頭髮，卻不顧自己滿臉的水，雨水夾著淚水流淌著……

五

　　忙碌了一早晨，終於來到了啟德機場的候機室，蕭逸和靈達放下手提行李，在舒適的沙發上坐了下來。昨晚回到酒店已經快十二點了，今天一早就得起來，靈達此刻感覺還有點睏，看看蕭逸，他甚至有些疲憊，她關切地問：「昨晚你沒有睡好

吧?」

「還行。」

她說笑似地:「他鄉遇故知,輾轉難成眠。」

蕭逸回頭看了她一眼,淡淡地苦笑著:「你也有過這種經歷嗎?」

「我?我是一個一覺睡到天亮,連夢都不做的人。你不知道嗎?」

蕭逸沉默片刻,喃喃地說:「那是你的福氣,夢不一定是美的……」

靈達輕輕撫摸著蕭逸的肩膀:「你閉上眼睛再睡一會兒吧,反正還早。」

蕭逸把頭靠在椅背上,像是閉目養神,腦海裡卻是浪濤滾滾……一石激起千層浪,浪底的層層泥沙,都被席捲了起來,那一樁樁往事,無法阻擋蜂擁而至,有喜悅、興奮,有壓抑、傷痛,甚至恐懼和絕望。想起那段像過山車似的的人生歷程,蕭逸此時寧願失憶,讓一切都停留在原來的地方……

然而思緒卻完全不聽指揮,本不想再細究的問題又從心底冒了出來。「她怎麼會不知道我的地址?難道我寫的信都……是啊,我走之前去她家,她媽媽那番話聽似語重心長,其實已經說明了一切,我竟然那麼傻。」

…………

1957年初秋的一個下午,秀娟聽見有人敲門,一開門見是滿頭大汗的蕭逸站在門外。

「是你?」秀娟一把拉了他進來,探頭出去望望外面,才把門關上。

「阿姨,青雲呢?」

「外婆中風，她去了浦東。」

「那她什麼時候回來？」

「總得等她外婆病情穩定了，恐怕要放完暑假才能回來。」

「啊？！那內蒙文化局要我提前去報到，後天我就要出發了。要不，阿姨您告訴我外婆家的地址，我去一趟。」

「那怎麼行，她外婆病很重，需要靜養，有時還要上醫院，根本離不開人。」

「我去可以幫幫她麼。」

「蕭逸，你現在應該多陪陪你媽媽。你爸爸都那樣了……唉！你媽媽心情那麼不好，身體又差，這時候你別再管別人家的事情了。」

「可是，阿姨我們倆誰能不管誰啊？她的事就是我的事，而且我走之前總得跟她見見面麼。」

秀娟聽見隔壁有人用鑰匙開門，她趕緊把蕭逸拉到客堂前面的天井裡。「啊呀，你這個孩子怎麼就是聽不明白，你想想現在是什麼形勢？你家裡出了這麼大的事情，你自己也剛剛受了團紀處分，人家的眼睛都盯著你呢。」這時她故意放大了聲音說：「目前你最重要的是好好專心學習、工作，改造思想，不要老想著兒女情長的事，阿姨是為你好。」

蕭逸幾乎是哀求了：「我知道，可是我不能不見青雲一面就這樣走了，我還不知道什麼時候能回來呢。」

接著秀娟湊近他，急促地小聲說：「你要是真關心她，就得為她想想麼，她明年也要畢業了，分配到哪裡，人家是要看她的政治表現的，現在運動還沒有結束呢，難道你想她也給發配到邊疆去嗎？」

霎時間，蕭逸呆住了，阿姨平時待他如親兒子一般，前幾個月，話裡話外還老催促他們在他留蘇之前把婚事辦了，怎麼現在變成這個樣子？就像家裡那些趨炎附勢的親戚一樣，一夜間都變了臉，個個對他們敬而遠之，好像避瘟疫似的。

「那好，我走，您讓她等我的信吧。」自尊心令他不願再跟她糾纏下去，蕭逸痛苦地轉身往外走，經過走廊時，聽見隔壁的胡阿姨笑嘻嘻地說：「唷，東床快婿來了？怎麼不留他吃飯哪？」

「胡阿姨，你別說笑了，我們青雲還小，我還捨不得她嫁呢。」

張阿姨的話似萬箭穿心，蕭逸衝出門外，炎夏的陽光熱辣辣地曬在臉上，汗水裹著淚珠在脖子裡流淌，他瘋一般地向前奔跑。突然，黑沉沉的烏雲遮蔽了耀眼的陽光，像一塊鐵板驟然從頭頂壓了下來，耳邊悶雷隆隆，噼嚦啪啦的冰雹從天而降，路人都紛紛躲避，他卻一個勁地向前跑，任由那彈珠似的冰塊敲打在頭上，「打吧、敲吧，敲醒我吧，不要再指望任何人的同情和憐憫……」

一口氣跑回了家，推開門，只見虛弱的媽媽正在為他整理行裝。前幾天她也是這樣為爸爸收拾的，一邊收拾，一邊淌著眼淚；剛送走了他，又要為兒子準備，這個溫馨的家將只剩下她一個人了，她既疲憊又悲傷，整個人顯得格外憔悴。此刻蕭逸像小時候在外面受了委屈那樣，真想回家一頭扎進母親的懷裡，大哭一場，可是看見媽媽顫悠悠地往他的箱子裡裝東西，他把所有的眼淚都憋了回去：「媽媽，我自己來，您別管，快坐下。」

想到這裡，蕭逸忍不住流淚了，他趕緊把頭轉過去看著窗

外。窗外機場的跑道籠罩在煙雨濛濛中，使他想起同樣綿綿細雨的那個早上，他從北京留蘇預備班趕回上海，一下火車家都沒回，馬上去了學校，一路上都在想為什麼學校會突然催他立即返回上海？

能被選中去參加留蘇預備班，在那時是件大喜事，以為回到母校，眾人一定會詢問他參選的情況，或者預祝他成功獲選。但在走廊裡遇見幾個同班同學，都只是淡淡地跟他打了個招呼，好像他不是剛從北京回來。

走進教學樓的聲樂系辦公室，系主任兼黨支部書記見到他時，神色凝重，遲疑片刻才以低沉的語氣說：「蕭逸，這次選拔，聽說你唱得的確不錯，很可惜，政審沒有通過。」

「政審？為什麼？我有什麼問題？」

「不是你，是你父親，他已經被定性為反黨反社會主義的右派分子了。」支書的一句話如五雷轟頂，他整個人都懵了。

「這怎麼可能？我爸爸那麼愛國，他是政協委員呀……」

「政協委員又怎麼樣？在這次整風運動中，民主黨派中不少頭面人物暴露了反黨反社會主義的真面目，他們瘋狂地向黨進攻，你父親就是其中之一。」

「什麼？！反黨反社會主義？我爸爸？！」

「他攻擊黨的公私合營政策，狂妄地說公方代表不懂業務，瞎指揮，這不是明顯地反黨嗎？還弄得一些技術人員，甚至有的工人，都跟著他胡說八道什麼外行不能領導內行，分明是要和黨分庭抗禮。面對這樣的大是大非問題，你一定要站穩立場，好好認識你父親的本質，跟他徹底劃清界限。」

轟的一下，腦子被炸開了，蕭逸無法相信自己的耳朵。抗戰勝利之後，在美國學習紡織專業的爸爸，畢了業決定回國，

要為祖國的復興出一分力，實業救國一直是他的夢想。這些年
為了辦好紗廠，他不僅投入了全副身家，還以自己的專業知
識，悉心研究如何經營好紗廠的業務。雖然解放前夕，面臨動
盪的局勢，他也曾去香港探過路，想看看能不能在香港辦廠。
他跟含笑的爸爸陸慶和，以及胡啟先三人自幼同學，有紹興三
傑之稱，到了香港他自然要去找他倆商量大計。

　　陸伯伯懇切地對爸爸說：「劍光，我很羨慕你啊，你看我
現在是重病纏身，而你還年富力強，上海的紗廠一直辦得不
錯。既然中共說國旗上有一顆星，是代表民族資產階級的，這
說明你也是國家的主人，有機會為振興國家做出貢獻，又何必
放棄？到香港來辦廠，重起爐灶，也不是那麼容易。」胡啟先
伯伯倒不大贊成他留在上海，勸他看看形勢發展如何再做決
定。然而最終跟陸伯伯又談了一下午，爸爸還是下決心回上海
了。不是為了別的，就是為了實現實業救國的夢想，他怎麼會
反黨？雖然他並不熱衷於政治，但他以為中共是尊重民族資產
階級的，是想把國家建設好的，就一心一意做好自己的本分，
他究竟做錯了什麼？！

　　「我爸爸絕對不會反黨反社會主義，要是這樣，他可以留
在美國或者去了香港不回來。」

　　「蕭逸！你這是什麼話？難道從海外回來的人，都不會有
問題？恰恰因為他們是從資本主義世界回來的，滿腦子都是資
產階級思想，又不好好改造自己，必然會越走越遠，跟黨離心
離德。」

　　「可是我爸爸一直……」蕭逸還想辯解，卻被書記打斷。

　　「你父親態度很不好，死不認錯，他們單位的黨組織會找
你談話的。你平時只鑽研業務，不關心政治，所以這麼糊塗。

你要深刻認識你父親的問題，盡你所知，揭發批判他的言行，堅決站到黨和人民這邊來，不然後果是不堪設想的。」

走出聲樂系辦公室，蕭逸低著頭想心事，沒留意聲樂老師邱蘭正從教學樓門外走進來。

「蕭逸你回來了？」

「老師，這次我沒有⋯⋯」

「我知道了，別難過，去不成蘇聯，留在國內好好唱，多實踐，一樣可以進步，不要灰心。」

「可是您知道嗎？我爸爸⋯⋯」

邱蘭立即拉著他往外走，出了教學樓，在校園一角的大樹下，邱蘭小聲地說：「大人的事情你不清楚，你先管好自己，馬上就要畢業分配了，你成績好，很適合留校教學，我作為你的主課老師，會向系裡建議的，不過這時候你千萬不能鬧情緒。」

「我實在沒有辦法理解，為什麼我爸爸會變成人民的敵人。」

「許多事情都不是一下子能明白的，先控制好自己的情緒，不要亂講話，凡事謹慎。」見不少人走過來了，邱蘭拍拍他的肩膀：「抽時間看看大字報，跟上形勢。」

然而形勢並不像邱老師所想的那麼簡單，緊接著團支部接連召開了幾次幫助蕭逸的所謂「思想檢討會」，結論是他沒有很好地揭發批判父親，相反還有牴觸情緒，經組織再三教育，仍不能跟反動父親劃清界限，最終團組織決定開除他的團籍。

蕭逸不僅被取消了留蘇資格，留校也不可能了，最後被分配到內蒙的一個歌舞團工作。邱蘭老師也因她不識時務的建議而被批評思想右傾，不能正確貫徹黨的階級路線。

....

　　見蕭逸緊閉的雙眼流出了熱淚，靈達遞過一條手絹。蕭逸
接過手絹，抹去了眼中的淚水，但他沒有睜開眼睛，也許是太
疲倦了，靈達見他好像真的想睡了。她明白初戀是甜美的夢，
總是令人難以忘懷，更何況這段戀情伴隨著蕭逸青春時期反差
巨大的種種遭遇，這些刻骨銘心的記憶確是竭盡全力都無法抹
去的，但她相信夢畢竟是夢，不管是美夢還是噩夢，終歸是要
醒的。

六

　　一覺睡醒，青雲只覺得昏昏沉沉，此刻家裡一點聲音都沒
有，鴻發上班去了，媽媽大概送咪咪上了學就去買菜了吧。

　　昨晚一夜迷夢，雜亂無章，一會兒好像跟蕭逸開心地在復
興公園，踩著飄落滿地的梧桐樹葉，奔跑追逐，突然摔倒，兩
個人笑得爬不起來了；一會兒是黃昏時分，和蕭逸手挽著手，
在巨鹿路的樹蔭下悠閒地散步；一會兒又像在家裡，媽媽正訓
誡她，嚴厲的言詞像連珠炮般地射來，她痛苦地哭個不停；接
著是在內蒙荒涼的草原上跌跌衝衝，到處尋覓，忽然看見白茫
茫的雪地裡站著一個人，那正是她日思夜想的蕭逸呀，他披著
他爸爸那件舊狐皮大衣，頹喪地站在那裡。

　　是啊，在他收到分配去內蒙的通知書時，蕭媽媽傷心地哭
了，她早就聽說過內蒙草原寒風刺骨，兒子去這種荒涼的地
方，她怎能不心疼，唯有讓他把爸爸的舊狐皮大衣帶去。青雲
也連著開了幾天夜車，給他趕織了一條很厚的毛線圍巾和一副
手套。那天背著媽媽偷偷把圍巾和手套送去他家，看見蕭逸神

色沮喪地望著她，什麼話也沒說；他一貫樂觀、自信，從來沒見過他這個樣子，她真是心如刀割。

那些日子，他們一起經歷了晴天霹靂般的打擊，心靈的震盪，劇烈的痛楚，她都感同身受，現在他快要走了，卻又不知道跟他說什麼好，真想安慰他說：「別難過，我會去找你的，畢業後我會去找你的……」可是腦子裡立刻出現最疼愛她的爸爸憂心忡忡的眼神，耳邊迴響著媽媽斬釘截鐵的警告：「你絕對不能跟他走！你聽清楚，他爸爸是大右派，我們不能不跟他們劃清界限。」此刻面對蕭逸，她什麼話也說不出來。她害怕，是的，不僅由於爸爸媽媽堅決反對，她自己也害怕。這朵嬌嫩的小花，從未經受過風雨，對於遙遠的邊疆，有一種莫名的恐懼。爸爸說過那是蘇武牧羊的地方啊！冰天雪地、寒風凌厲，在她這個從未離開過家的上海姑娘心裡，簡直是個無邊的荒漠。她不知如何是好，她不會撒謊，尤其不會在最心愛的人面前撒謊，她只好默默地偎依在他的懷裡，為他們的離別，為他們被粉碎了的甜夢，低聲嗚咽。

昨夜夢中的他正是圍著她織的那條圍巾。一陣狂風，吹走了他頭上的帽子，他一頭亂髮蓬鬆，鬍子也沒刮，疲憊憔悴，神色淒然。他告訴她，他永遠也回不了上海了。她心疼地抱著他的頭，撫摸著他濃密的黑髮，不斷地說著些自己都不相信的話：「不會的，你唱得那麼好，總有機會調回上海的，我等著你、等著你……」

「可是我沒有等他呀，我怎麼就嫁到香港來了呢？我真是成了負心人了。」

睜開淚眼望著天花板，眼前又出現了幫他練唱《負心人》時的情景。那時她的鋼琴水平要彈這首歌曲的伴奏是很困難

的，但為了他，在蕭媽媽的指導下，她努力地一個音符一個音符反覆練習，終於可以為他彈伴奏了。那些日子他倆在他家裡天天練，他刻苦地一遍又一遍地練習著最後那個降B的高音，一直到自己感覺很有把握才放心。他們多麼盼望他能在選拔留學蘇聯時勝出，這是他倆夢寐以求的共同目標，那段日子，他們經常憧憬著夢想成真那一刻的到來。留學回來，就有希望去歌劇院工作了，當一名歌劇演員，唱他最喜愛的世界經典歌劇，她知道這是他多年來的夢想，那種興奮熱切的期待，使他倆好像融為一體了。

皇天不負苦心人，學校終於決定派蕭逸去北京參加留蘇預備班。那天青雲送他去車站，雖然依依不捨，但想到未來，兩人都充滿了無限熱望，青雲甜甜地看著蕭逸：「祝你最終能被選上留蘇。」可是隨即又噘著嘴說：「不過那我們就要分開好久了。」

「真能去成的話，兩年以後也就回來了，你可不許溜啊。」

「哼，那要看你是不是每星期給我寫一封信。」青雲嬌憨地說。

蕭逸捏了一下她的小翹鼻字：「遵命，傻丫頭。」

「你這次去參加匯報音樂會，是不是還是準備唱《負心人》？」

「那當然，可惜你不能去給我彈伴奏。」

「人家那裡有專業伴奏，肯定比我強。」

「可是我跟你練熟了，有默契，更有感情。」

「我又不是負心人，你怎麼會有那種感覺？你得想像一個真正背棄你的人，你才會有那種痛心的傷感。」

「我還真不知道被人背棄是什麼滋味呢，那得發揮想像了。」

但是，你終於體會到被人背棄的滋味了……此時，青雲心裡充滿了內疚，越想越難過。

《負心人》那熟悉的旋律和歌詞，又從她的心靈深處浮現：

你不會想到我在痛苦悲泣，
你不會想到我，你已背信棄義。
啊！負心的人哪，你全忘了往日的情誼，
負心的人哪，你把我拋棄！

我太不應該了，為什麼我不能堅持再多等待些日子，為什麼我經不起媽媽一而再再而三的說服，嫁給了一個我根本不愛的人？我真是一個經不起考驗的負心人……

然而，自從他走後，一封信也沒有來過呀，開始還以為是因為臨走前，我沒有從浦東趕回來送他而生氣了，可是，我又不知道你會提前出發。

等來等去總不見他來信，就算你因為去了陌生的地方，有很大的壓力，沒有心情寫信，那也該來封短信跟我簡單地講講吧，人家多麼擔心啊！不過他那麼要強，是不會願意跟我訴苦的。

隨著漫長而毫無結果的等待，青雲真的不能不懷疑他已經把自己忘了。難道真的像媽媽說的，內蒙歌舞團裡也會有不少漂亮的女演員，他明知道自己不可能再調回上海，大概就在那邊找到他所喜愛的人了？要是這樣，起碼也該告訴我一聲麼，不然，你不也變成「負心人」了嗎？想到這裡青雲的心都碎了。不過，我為什麼沒有去找他呢？怕一個人去遙遠的邊疆，

怕媽媽生氣，也怕爸爸傷心，更怕面對他已經變心的事實……我真沒用！一點勇氣都沒有。

　　大饑荒那兩年，連上海這樣的大城市，也有不少人都餓得浮腫了，我真擔心從小生活優裕的他，在那種落後的地方餓壞了、病倒了，甚至還想過可能他已經不在這個世界上了……多少個夜晚，我都哭濕了枕頭。昨晚他卻說給我寫過許多信，可是為什麼我一封也沒有收到呢？他是不會跟我撒謊的。

　　青雲越想越不明白，深感困惑……猛然間，她似乎醒覺了，「難道是我媽媽……？很可能，她一直要我放棄蕭逸，而且也不通知我他要提前離開上海。唉！我怎麼會沒有想到呢？昨晚也應該問問蕭逸啊，他去我們家的時候，媽媽到底跟他說過些什麼。」

　　隨即自己無奈地苦笑了一下，「你傻了嗎？昨晚是人家高興的日子，這麼多人圍著他們，怎麼能提那種倒霉的陳年舊事？現在人家好好地活著，還活得很精彩，一切都過去了，你還瞎想什麼呀？」

　　她哪裡知道，蕭逸的確曾給她寫過許多許多信，卻不見回音，他心情本來就不好，接著又由於那段時間經常要唱那些粗獷的蒙古民歌，嗓子很不適應，喊出了毛病，不僅唱得辛苦，話都快說不出來了。就在情緒一落千丈的時候，忽然收到她的喜帖，急火攻心，他一下子失聲了。那時的他，縱然沒有像她所擔心的那樣病死，也沒有餓死，但真有生不如死的感覺。

　　窗外一陣轟隆隆的聲響，青雲猛地從床上跳下來，跑到窗前，擡頭望去，一架飛機越過碧空。她看了一下掛鐘，十點二十，「是他們，走了，飛走了，就象那張節目單，飛得無影無蹤，今生今世也別想再見到他了……」她傷心地扶著窗臺哭

泣起來。

秀娟輕輕開了門進來，見沒有動靜，以為女兒還在昏睡，她悄悄地走到睡房門口推開房門，卻發現青雲站在窗前，望著天空。

「你醒來了？怎麼樣？沒什麼不舒服吧？」見青雲用一種奇怪的目光看著她，「別傻站著呀，都快中午了，洗洗臉吃點東西吧。」

「媽媽，您為什麼要做那種偷偷摸摸的事情？」青雲沉著臉問道。

「你說什麼呀？我怎麼了？」

青雲顫聲地問：「您為什麼要扣壓蕭逸給我的信？」

秀娟看了她一眼，沒有當即作答，過了一會兒胸有成竹地說：「當初我要是不這樣做，你現在不是在香港，而是在內蒙受苦呢。」

青雲爆發了：「我情願在內蒙，我情願在內蒙受苦，我也不願失去蕭逸，您知道我有多麼痛苦嗎？你們想來香港，就死活要我嫁到香港來……」說著哭得說不下去了。

秀娟沒有回答，過了一會兒，忽然衝到她爸爸的相片前：「她爸爸，你聽聽、你聽聽，你女兒在怪我們，她心裡只有那個蕭逸，只有那個蕭逸啊，她怎麼會管你，怎麼會管我們一家呢？！你算是白疼她了。」說著倒大哭起來。

見媽媽哭得那樣傷心，青雲一時間不知怎麼好，只得拿條手絹給她。過了片刻，秀娟擦乾了眼淚，沉住氣，一五一十地訴說起來：「你好好看看你爸爸吧，他沒過上幾年好日子，不到六十就走了，以前他受的罪你知道多少啊？」她抽泣著：「1950年，土改時你爺爺奶奶挨了鬥，被掃地出門，嚇得他過

年都不敢回去，從此背上了地主出身的包袱。在公司再怎麼小心翼翼，也沒有保住會計主任的職位，整天做些收收發發的雜事。這還不算，1952年三反五反運動叫他揭發檢舉老闆，他說不出什麼來，就說他以前的賬目不清，查了批，批了查，沒完沒了，背了黑鍋也沒處說理，又急又氣，搞得肝病發作，可還得硬撐著去勞動，改造思想啊。」見媽媽痛哭失聲，青雲趕緊倒了杯水給她。

秀娟喝了口水，用淚眼望著女兒，心想這次怎麼也得跟你講清楚：「那時隔牆有耳，胡阿姨兩口子，賊眉鼠眼地老偷偷盯著我們，你和小弟還小，我和你爸爸什麼話都不敢跟你們講，你還以為家裡跟以前一樣呢。你知道嗎？1956年公私合營的時候，又說他是留用人員，是資方的心腹。」她拿手絹擦了擦鼻涕和眼淚，喘了口氣接著說：「一波未平，又起一波，一年後開始反右，你爸爸就更提心吊膽了，唯恐讓人家抓著點什麼把柄。偏偏在這個時候蕭逸他爸出了事，你說，我們要是跟他們這家人結了親，你爸爸還有安生日子過嗎？如果再給弄去勞動的話，他這條命就沒了呀，青雲哪，我們這個家是紙糊的燈籠，經不起風雨的，你懂不懂啊？！」

青雲擡頭望望牆上爸爸的照片，想起小時候爸爸是那樣地寵愛她，她想要什麼，爸爸總是盡量滿足她，家裡不算很富裕，但連鋼琴都捨得買給她，沒想到解放後爸爸有那麼多委屈，自己卻不知道，心裡很難過。

秀娟見女兒低著頭不斷地抹眼淚，便換了較緩和的語氣接著說：「要是沒有鴻發想盡辦法把我們申請出來，文革時你爸爸肯定沒命了。再說，本來你自己就很羨慕含笑一家去了香港，我想盡辦法讓你嫁到香港來，有什麼對不起你的啊？這十

年來，你過的日子跟上海的朋友比比，是不是一個天上，一個地下呀？」

聽媽媽說了這麼多，青雲難以辯解，只好說：「那您也不該扣壓蕭逸的信，還特意把我們的喜帖寄給他，他已經那麼不幸了，這對他是多麼大的打擊？蕭逸一直對您很好，我真想不到您會這樣狠心。

「我也是沒有辦法，我要是不這樣做，他不會死心，你也不可能跟他斷，那是不是要拿我們一家的命運，為你們的愛情陪葬？」

「也不一定像您說得那麼嚴重，人家現在是大歌唱家！」

「那他是九死一生，逃了出來，那時誰敢想這個？你再想想，如果他跟你沒有斷，也許他還不會下決心偷渡出來呢。所以對他來說，說不定這倒是因禍得福了呢。」

「您早知道他偷渡出來了，就是瞞著我。」

「我也只是聽里弄裡的人傳說的，誰知道是真是假？況且我告訴你，又有什麼好處啊？那時你已經結婚了，難道你還想吃回頭草嗎？青雲，現實點吧，你跟他是有緣無份，人家現在也結了婚，還成了名，唉！人各有命，事到如今就認命吧。」

媽媽的一席話，把青雲說得無言對答，是啊，她從來都說不過媽媽的，可是一想到跟自己深愛的人就這樣被活生生地拆散了，不禁悲從中來，止不住又痛哭起來。

七

靈達望著窗外停機坪上起起落落的飛機，不禁想起當年去美國留學時，在機場第一次見到蕭逸的情景。是他，一個不相

識的中國青年，幫她從行李傳送帶上，拿下她那沉重的皮箱，放到小推車上，她忙向他道謝，他卻只是笑笑，什麼也沒說就推著自己的行李走了。沒想到在學校迎新會上，又見到了他，原來他是聲樂系的新生。後來的一次實習演出，她被指定為他伴奏。第一次聽到他帶有磁性的歌聲，覺得很悅耳，他的聲音跟他的人一樣，含蓄深沉，當他歌唱時，簡直旁若無人，整個人都沉浸在音樂中，似乎完全忘卻了外部世界。

演出那天，不知為什麼，一曲《負心人》，他唱得那樣動情，雙目熱淚盈眶，臺下觀眾熱烈地喊著「BRAVO！」，臺上的她也被打動了。也許正是從那個時候起，她不由自主地開始注意這個青年了。

他是那樣地與眾不同，不太愛說話，年紀輕輕卻有點歷盡滄桑的感覺，那種深沉、蒼涼的氣質，更增添了一層男性的魅力，就這樣，她被他吸引了。此後兩人雖然逐漸相熟，可是交往了很長時間，她都無法進入他的內心世界，直到一年後，也許靈達的溫柔體貼像一股暖流，漸漸融化了蕭逸內心常年的積雪。後來他告訴她，起初以為她也像過去的他那樣，從小養尊處優，不知人間疾苦，原來她父母也是從大陸逃出來的，小時候她是在臺灣的眷村[26]長大的。

記得那個週末的黃昏，她包了餛飩去他的住處，準備跟他一起吃晚餐，卻見他抱著頭靠在床上。「怎麼？病了？」他沉默不語，把一封電報遞給她，是他姑媽從香港發來的：「上海派出所通知你堂哥，你父親已於上月七號身亡。」

「什麼？！蕭叔叔他……」蕭逸忽然嚎啕痛哭起來。

---

[26] 指臺灣自1949年起至1960年代，來自中國大陸各地的國軍及其眷屬，因內戰失利而隨中華民國遷徙至臺灣後，政府機關為其興建或者配置的村落。

她知道他母親早已去世，父親是他唯一的親人，他曾講過父親既是嚴父，也是慈父，是他的榜樣，又是他的朋友，母親走後，父親是他生命中最重要的人。她從未看到過一個男人這樣大哭過，尤其蕭逸，他並不是一個不能控制自己情緒的人，此刻卻用拳頭捶著床，泣不成聲。她心疼地把他摟在懷裡，什麼也沒說，只是輕輕地拍著他，撫慰他，讓他盡情地痛哭。過了一陣，蕭逸停止了哭泣，沉痛地：「我都不清楚他是怎麼死的，也沒有辦法回上海，不知誰會為他辦後事？」

「你堂哥會辦的吧。」

蕭逸搖搖頭：「我不知道他會不會願意為一個勞改犯辦後事？」他兩眼迷茫地看著前方，「雖然去年爸爸從勞改農場放了回來，但還是在街道受管制。文革一開始，我一直在擔心，一個資本家，又是右派分子，怎麼可能逃過這一劫？爸爸也許是⋯⋯」他不忍再說下去，更加傷心地抽泣起來。

「不會的，不會的，也許⋯⋯」

「爸爸是那種寧願站著死，也不肯跪著活的人，不然他們為什麼只說他身亡，而沒有說病故呢？一定是、一定是。」他猛然一拳狠狠地打在了牆上，恨不得粉碎東方那個慘無人道的煉獄，此時的他欲哭無淚，像一尊憤怒的雕像，眼神中充滿了悲憤。

「不、不，蕭叔叔這麼好的人，主會看顧他的，他老人家的靈魂一定去了天國，跟你媽媽團聚了。」

「我真想回去一趟，起碼能知道到底是怎麼回事。」

「那我陪你回去。」

蕭逸憤恨地說：「可是我不能回去呀。」

「為什麼？」

「我是偷渡出來的。」

「偷渡？！不是你姑媽申請你去香港的嗎？我怎麼從來沒有聽你說起過？」

他悲切地：「你以為講這種經歷是一件愉快的事嗎？」

這段連自己都不想回望的痛苦經歷，一直埋藏在心底，就在這個晚上，他才向她披露了對誰也不願提及的祕密。

1963年冬蕭逸的聲帶出了問題，請假到上海治嗓子。不久媽媽病危，蕭逸到政協去哀求了好幾趟，經他們想辦法向上級單位懇求，最後勞改農場總算批准他爸爸蕭劍光回家幾天，見他妻子最後一面。兩天後媽媽走了，父子倆懷著沉重的哀傷，簡單地辦完了她的喪事。沒有任何親戚來慰問，只有爸爸的老同學湯偉夫婦前來弔唁，蕭劍光看到受自己連累的老同學，心裡很愧疚，他緊緊地握住湯偉的手，深陷的眼窩裡閃著淚光，六十來歲的人霎時間顯得那麼蒼老。

蕭劍光第二天就要回安徽農場了，夜晚他在房間裡來回踱步，忽然在兒子面前停了下來，凝視著蕭逸：「你的嗓子治得怎麼樣？」

「很有成效，不過秦大夫說如果不注意方法，以後還會長小結的。」

「為什麼？」

「因為我學的方法跟他們現在要我唱的蒙古民歌有矛盾。」

「唱適合你的歌，不唱那些不行嗎？」

「那怎麼行？他們本來就說我崇洋媚外，抵制民族化，不肯好好的為工農兵服務，如果我堅持不唱那些歌，什麼樣的大

帽子都會扣上來的。」

「那你能不能用你學的方法來唱民歌呢？」

「很難，我不知道怎麼唱了。就這樣領導還說我唱蒙古民歌沒有風格，像個假洋鬼子。」

「是啊，你本來學的是Bel canto（美聲唱法），唱藝術歌曲沒有問題，不同風格的歌是有不同的唱法，外國也是這樣，只是在外國你有自由選擇自己喜歡唱的歌，在這裡什麼都得跟政治扯上關係……」蕭劍光看著兒子苦惱的樣子，內心焦灼。「那你打算怎麼辦呢……」

蕭逸低著頭，眉頭緊鎖，無可奈何地：「想到回去，我就頭疼，秦大夫也說了，只要我還是唱我擅長的歌，像以前那樣，嗓子是不會出問題的，要是還是喊著叫著唱，早晚要出問題，甚至會失聲，以後都不能唱了，可是我……」

兒子從小熱愛唱歌，在美國讀小學時，就一直在教堂唱詩，還在唱詩班的比賽中拿過獎，回上海以後也沒有放棄，考上了音樂學院非常用功，年年都名列前茅，畢業前被推舉留蘇他更是興奮不已，一心想的是有望成為一名歌劇演員。可是自從他被打成右派之後，兒子的命運完全改變了。他長嘆一聲：「唉！是我連累了你。或者說根本是我當初做了錯誤的抉擇，害了你媽媽，也害了你。」

「爸爸，別這麼說，您是因為愛國才回來的麼。」

「糊塗啊，沒有搞清楚就跑回來，一場虛幻的愛國夢，害人害己。當初你湯伯伯也是聽了我的勸告，才跟我一起從香港回來的，以為能為國家建設做些事，誰想到這突如其來的三反五反，弄了個莫須有的罪名，他差一點跳了樓。」

蕭逸見爸爸那樣自責，不忍心再發什麼牢騷，父子倆相對

　　無言地坐了一會兒，蕭劍光托著下巴思量著，突然站起身來上了閣樓，過了半晌才下來，手裡拿著一小包東西。

　　「蕭逸，把這個收好。」

　　蕭逸接過他手中沉甸甸的小包，把包著的布打開，裡面竟是兩條金條，他不解地：「這？」

　　蕭劍光默默地走到窗旁，窗外雨雪拍打著玻璃，一棵小樹在北風中抖索，他拿起窗臺上的相架，那是一家三口樂融融的照片，他顫抖的手輕輕撫摸著，忍不住老淚縱橫。蕭逸走近他，雙手搭在爸爸的肩上，一句話都說不出來。從來都是爸爸守護著他，此時此刻面對日趨衰老，處於逆境的爸爸，他不僅不能為他分憂，還要受難中的他為自己煩惱、操心，心中真有說不出的愧疚和無奈。

　　父親抹去眼淚，強自鎮靜，轉身望著兒子，深情地摸了摸兒子的臉，遲疑片刻：「我走後你去看看湯伯伯吧⋯⋯他兒子去年去了香港，現在在美國讀書⋯⋯」

　　蕭逸驚訝地望著爸爸，一時不知說什麼好，心想：「湯伯伯的兒子不是偷渡出去的嗎？難道⋯⋯？」

　　蕭劍光心疼地望著兒子：「你從小是在溫室裡長大的，沒有吃過什麼苦。現在你媽媽這麼早就離開了人世，我也不知道什麼時候才能出來⋯⋯」他沉痛地仰天長嘆：「唉！家破人亡嘍⋯⋯往後一切都要靠你自己了⋯⋯」

　　蕭逸哽咽地：「爸爸，別為我擔心，我會撐住的。」

　　父親心情沉重地看著他，沉默了一陣：「萬一唱壞了嗓子，怎麼撐下去啊？！」

　　蕭逸楞住了，是啊，嗓子壞了，我還能有什麼前途呢？那只能由人擺佈了⋯⋯

　　蕭劍光忽然以一種奇異的眼光看著兒子，一把將兒子的手拉過來緊緊地握住，好像深怕他會突然消失。「若不是萬不得已，我絕對不願意你鋌而走險，可是難道就永遠在別人的歧視和責難中苟且偷生嗎？而且……是孤零零的一個人。」蕭劍光意味深長地注視著兒子，不知為什麼，過了一會兒他又輕輕地搖了搖頭，走到窗前，扶著窗臺遙望著天空逐漸落下的夜幕，痛心地：「你媽媽一定不會贊成……是啊，雖然不少人偷渡成功，從此改變了命運，不過這是要有寧為玉碎不為瓦全的勇氣和決心的，不然，還是……」

　　蕭逸懂了，他滿含熱淚望著父親：「爸爸，我會去找湯伯伯了解和商量的。」

　　「商量？這可是破釜沉舟，風險極大的事，沒有誰會為你作主的，惟有自己冷靜思考，想清楚，不要勉強。」

　　「那你真的下決心要……？」

　　蕭逸緊閉著嘴唇，沉默片刻，「我明白爸爸的一片苦心，儘管這是我從來沒有想過的，但我深信爸爸的考慮是有道理的。他對於自己當初的抉擇已經後悔莫及，不想我再像他那樣一輩子陷在困境中，越陷越深。第二天清早，爸爸交給我一封寫給姑媽的信，他說：『記住，從今以後，沒有人會呵護你，就算萬幸能夠逃出去，到了香港，姑媽那裡只能暫時落腳，一切得靠自己闖出一條路來。』」

　　敘述到這裡，蕭逸的淚水像雨點似的不住地往下淌，幾乎說不下去了，「沒想到……這竟是爸爸對我……最後的囑咐。」

　　「第二天看著爸爸被人帶走，望著他的背影，我咬緊牙

關，心裡不斷重複著爸爸講過的：「『寧為玉碎，不為瓦全』，不僅為我自己，也為了他。」

「後來你真的偷渡出來了，你好勇敢啊！」

「不是我，是爸爸的膽識給了我勇氣。我知道偷渡的危險性，可是如果要我丟棄夢想、失去尊嚴，而且隨時可能遭到更不幸的打擊，就這樣『好死不如賴活』，窩窩囊囊地過一輩子，那我寧願拚死博一博。」

蕭逸走到窗前望著霧濛濛的天，推開窗戶，讓陣陣涼風吹進來，他重重地吐出了一口氣，像要把那濃重的霧霾驅散。

靈達瞪大了驚恐的眼睛望著心愛的人，她彷彿看到他在黑浪滾滾的大海裡拚命游水向前，躲避著鯊魚的追逐；她好像聽見岸邊射來的槍聲，又見到他翻越鐵絲網，差點被擊中……她猛地撲向蕭逸緊緊地摟住了他。蕭逸轉過身來，抱緊了靈達，「沒事，一切都過去了。」

靈達不禁嗚嗚地哭起來：「我知道，我知道的，我看過那種電影，那種書，很可怕、很慘、很慘的！怎麼會發生在你的身上？！」

是的，這是蕭逸生命中最黑暗、最恐怖的日子，充滿了驚恐、痛苦和羞辱。「你知道嗎？最不堪的不是藏在小貨船的底艙，連腰都直不起來，不是被巨浪拋起拋落，連膽水都嘔吐出來，也不是跟七八個人擠在裝滿紙箱的卡車上，幾乎窒息。」

「那後來呢？」靈達急切地問。

「最後一程奮力游泳，游了將近兩個小時，筋疲力盡上了岸，在荒涼的沙灘上，立即被蛇頭帶走，關進了一間空的鐵皮屋，剝光了所有的衣服，只剩下一條內褲，好像被綁票，又好

像是突然被抓住的逃犯，那種狼狽、淒涼、屈辱的感覺，幾乎令我跌入人生的最低谷，如果姑媽他們不來交清尾數，可能就前功盡棄了。」

聽到這裡，靈達才鬆了一口氣。

「那時不少因大饑荒偷渡出來的飢民，被抓回去的話，最多送去勞教，像我這種政治難民被抓住，一定遣返原地，等待著我的將是批鬥、審判、勞改……」

靈達摀住了蕭逸的嘴，「不要說了，不要說了！這一切不是都過去了嗎？讓我們徹底忘記這可怕的噩夢吧。」

「可是這些年，我一直盼望有朝一日，能把爸爸接出來，那麼我付出的所有代價都是值得的，可是他卻等不到這一天……」

「不，他知道的，他在主的身旁，看到了你今天的成績，他一定感到很欣慰，你沒有辜負他的苦心。」

想到這些，此時靈達仍然感到心有餘悸，內心深處隱隱作痛。看看身旁的蕭逸，似乎真的睡著了，她輕輕地把風衣蓋在了他的身上。

擴音機中傳出了國語的通知：「飛往臺北的763航班即將起飛，請旅客們拿好證件準備登機。」人們開始排隊走向登機口，蕭逸和靈達也拿起手提行李前去排隊。

上了飛機，蕭逸照常讓她坐窗口的位置，可是她卻說：「你坐進去，再看看香港吧。」發動機的聲響，打破了沉靜，機長告訴大家飛機即將起飛。

飛機剎那間騰入碧空，一下子天色變得清朗了，靈達望著雲層下模糊的大地：「下面有個地方叫調景嶺，1949年我父母

逃出來的時候曾經在那裡住過,從那以後,他們再也沒有見過在山東老家的爺爺、奶奶。」蕭逸轉過頭看了她一眼,她感嘆地:「生離死別在中國,恐怕是一首永遠不會絕唱的悲歌,不是嗎?」蕭逸默默地點了點頭,伸手握緊她十指纖纖的手,輕輕撫摸著。

八

青雲跟媽媽從街市買菜回來,正好郵遞員來送信,遞給青雲一封信,秀娟有點緊張,「誰寄來的?」

青雲接過信看了一眼,「咦?北京寄來的,啊!準是含笑。」

「含笑?」秀娟當即鬆弛了。

「好久沒有她的消息了,前兩天我給她寫了一封信,這回總算來回信了。」

「那你快看吧,我去做飯。」

青雲回到房間急忙把信拆開,自從文革以來跟含笑幾乎失去了聯繫,近兩年甚至沒有收到過她一封信,寫過幾封信給她,總是沒有回信,青雲一直很牽掛她,自己也有許多心裡話想跟她講。從大會堂回來的那個晚上,翻來覆去無法入眠,滿腹心事在香港竟沒有一個人可以傾訴。夜深人靜在檯燈下,她給含笑寫了一封信,不管這封信能否到達她的手裡,像以往那樣,她還是把自己無法跟旁人講的心事,都告訴了她,煩心的事傾吐了出來,心裡也舒服一點,現在她終於來信了。

「青雲：

收到你的來信時，我剛從北大荒的五七幹校回來，很久沒有跟你通信了，怎麼說呢？真是一言難盡，還是先說說你吧。

唉！人生何處不相逢，真沒想到你跟蕭逸竟會在香港重逢，我明白你的感受，青雲別難過，你曾對他一往情深，他也沒有背棄過你，可是當時所發生的一切，都不是你們可以預料和掌控的，包括你們的愛情，連我都勸過你放棄，不是嗎？也許我這是好心辦了壞事，然而，那時候誰不是身不由己呢？甚至腦子也不由己，渺小的個人，往往只能隨波逐流。張阿姨那樣做也有她的難處，作為母親，她還是出於對你的關心，不要怪她了。

你知道嗎？蕭叔叔1966年秋天已經結束了自己寶貴的生命，你想想，如果蕭逸還在這裡，他的處境會怎樣？所以，既然你愛過他，應該為他現有的成就和幸福高興。再說你也有一個不錯的家庭麼，你不是說他對你一直很好，女兒又很可愛，那還要怎麼樣？知足吧，不是每個人都能有一個和睦穩定的家的。得到的往往不覺得珍貴，失去的卻難以忘懷，這可能是人之常情，但這一頁終歸要掀過去，就讓它成為你人生中有過的一段美好回憶吧。比起許多人來，你還是幸運的，總算有個自己的家，我到現在還住在七八個人一間房的集體宿舍裡呢。算了，不說也罷，以後有機會再跟你講吧。青雲，人生不如意事常八九，不可能

事事稱心，有不少人比我們更加慘，實在難以想像，也無法接受……所以，你就想開些吧。急於把信發出，先寫到這裡，問張阿姨好！

祝安康！

惦記著你的含笑
1972.9

　　讀完信，青雲的眼睛濕潤了，她看了一遍又一遍，字字句句把她又拉回到她早已脫離了的世界。這十來年她儘量不去回顧在大陸的生活，但是那些甜蜜、辛酸、痛苦的經歷，在心靈深處還是會時隱時現，直至有了咪咪，才有了寄託。近年來她的生活重心，就是自己家的小天地，外面的事她很少理會，雖然也知道這些年大陸曾發生許多大事，但在現實生活中，逐漸感覺跟自己已經沒有多大關係了。然而蕭逸的突然出現，含笑的來信，使她意識到原來不是這樣的，那些曾經發生過的事，不是那麼容易抹去的。蕭叔叔的死訊更令她非常震驚、傷心，那些不願回望的往事，一幕幕又在腦中重現，一顆心久久不能平復。她虔誠地合上雙掌，在心中默默地念禱著：「蕭叔叔，求上天保佑您在天之靈，永遠安詳平靜！——唉！為什麼蕭叔叔這麼好的人會自殺？一定受了許多折磨。蕭逸是那樣地愛他的爸爸，這噩耗對他是多麼大的打擊啊！」

　　「含笑好像也變了，情緒挺不好似的，她怎麼會去了北大荒？現在都三十幾歲了，怎麼還住在集體宿舍裡？究竟發生了什麼事情？可能這些年她也很不順利，連婚姻問題都沒有解決，不然一貫朝氣蓬勃的她，怎麼會變成這樣？她還說有的

朋友更加慘，這是指誰呢？幸虧桃麗已經出來了。不知若梅怎樣，她是黨員，一直很受信任的麼，該不會有什麼問題吧？為什麼含笑吞吞吐吐說得不明不白？大概她怕信被人檢查，不敢明說，唉！真讓人擔憂。看來我這點痛苦，真的算不得什麼了。」

「青雲！開飯了。」媽媽在廚房叫她，她小心地把信疊好，悄悄地放進了自己的首飾盒。

吃晚飯的時候，秀娟見青雲沉默不語，心情好像很沉重，便小心翼翼地問：「怎麼樣？含笑還好吧？」

「她剛從北大荒的五七幹校回北京。」

「是嗎？她去了北大荒？哦呦，作孽，一定受了不少苦。是啊，她有海外關係的麼，又是資產階級出身，文革中能好過嗎？她真是不該從香港回大陸。」

「她還問您好呢。」

「這孩子還挺有心的，現在總算回了北京，那就好。」

「她不大好，到現在還沒結婚呢。」

「啊？！怎麼會呢？她長得挺好，又是個大學生。」

鴻發插言：「出身不好，又有海外關係，找對象就難了。」

「她最好能想辦法回香港來。」

「您以為那麼容易？那年我把您和爸爸、小弟申請出來，不知走了多少後門，送了多少禮呢，現在是文革時期，更沒門兒了。」

含笑聽見鴻發又在吹水有點煩：「算了，不了解情況，別給人家出主意，家家有本難唸的經。」

「媽媽，什麼是難唸的經呀？」咪咪問。

「誰知道，我們也不懂，咪咪吃飯。」秀娟說。

鴻發看了青雲一眼：「我們家就沒那麼多難唸的經，對吧，咪咪？」說著摸了摸咪咪的頭，呵呵地笑了。青雲轉身進了廚房。

咪咪不懂什麼叫「難唸的經」，傻傻地笑著說：「爸爸，難唸就別唸了，放寒假帶我們去臺灣玩，好嗎？」

「怎麼，你不是想去澳門嗎？怎麼又想去臺灣了？」

咪咪得意地說：「臺灣有朋友請我去。」

「你這個小鬼頭，臺灣還有朋友？」

「是媽媽的朋友。」

「咪咪來拿水果！」青雲在廚房叫道。

「媽媽，我跟爸爸說了，寒假讓他帶我們去臺灣玩。」

秀娟忙說：「去臺灣幹什麼？不是地震就是打颱風。」夾了一塊雞腿給咪咪，「別盡顧著說話，快吃。」

「那也不會老打風，老地震的呀。沈阿姨說臺灣可美了，還有許多好吃的東西，她還答應聽我彈琴呢，人家可是大鋼琴家。」

「大鋼琴家要到世界各地去演出的，誰有時間聽你彈琴？」青雲說完低頭把碗裡的湯喝了。

興高采烈的咪咪讓一瓢瓢冷水潑得噘起了嘴巴，很不高興：「媽媽你怎麼也這樣？那不是你一定要讓我去聽音樂會，還叫我好好向音樂家學習的嗎？」

「你不是在學琴嗎？自己好好練琴，將來自己當大鋼琴家，該多好？」

「是啊，媽媽講得對，自己好好練琴，要學習，香港也有大鋼琴家的。」鴻發附和著。

「唔，我喜歡沈阿姨，她可好了，那天她摸著我的手，說我的手指細細長長的，很適合彈琴呢。她讓我去臺灣彈給她聽，她一定會教我的。」

鴻發說：「咳，你又不住在臺灣，她怎麼教你啊？以後爸爸可以送你到外國去學習。」

「哼，誰知道你們說話算不算數？」說著眼淚都快掉下來了。

「咪咪，別哭麼。」鴻發忽然神祕地：「告訴你，說不定我們不久會搬到外國去呢。」

「什麼？搬到外國去？」秀娟驚異地問。

「最近三叔他們在考慮移民去加拿大。」

青雲有點奇怪，「去加拿大？為什麼？」

「嗨，你們沒有聽說這幾年移民的人多了嗎？」

「是啊，那天走過美國領事館也看見好多人在排隊，這是為什麼呀？」秀娟問。

「這裡離中國大陸太近，那邊風吹草動，就影響這邊，前幾年內地大饑荒，大批偷渡客跑了過來，弄得治安都不好了。」

秀娟見青雲緊閉著雙唇，一臉的不高興，趕緊打斷鴻發：「誒，偷渡客也不見得都是壞人。」

「那是，不過接著又受紅衛兵的影響，弄出了個六七暴動[27]，到處發現土製炸彈，搞得人心惶惶，所以三叔總覺得香港不怎麼安全，他有個朋友在那邊做生意，想拉他去加拿大投

---

[27] 亦稱六七左派工會暴動和香港五月風暴，當時參與及支持者稱它為反英抗暴，於1967年5月6日發動，同年10月份基本結束，是一場由香港親中共的左派在毛澤東發動的文化大革命的影響下，展開對抗港英政府的暴動。

資，他的心也有點動了。」

「那他在這裡的生意怎麼辦？還有你的工作呢？」

「媽，這您就不用操心了，他們真要走的話，當然會通盤考慮的，到時候少不了要我過去幫手，那麼我們也得辦移民了。」說著得意地笑了。

「去外國，太好了！我要去、我要去！」咪咪破涕為笑興奮起來。青雲想這種事情哪那麼容易：「咪咪，別聽你爸爸說得跟真的似的，瞎起勁。」

「誒，怎麼是瞎起勁？這種事要麼不辦，真要辦起來也快，你不信，去問問巧巧，她要去加拿大進修，正在申請呢。」青雲想起那天巧巧的話，看來這是真的了。

秀娟心想，管它真的假的，離臺灣遠點就好，「要是真能去什麼加、加……」

「加拿大。」

「哦，加拿大，那咪咪以後你就可以在外國讀書了。」

咪咪高興得跳了起來，拍著手摟著爸爸開心地笑了，不知怎麼她突然大聲歡呼：「Bravo！」

「什麼波拉佛？你要拜佛啊？那還得唸難唸的經呢。」說著鴻發也哈哈地笑了起來。

「爸爸，什麼拜佛呀？那晚音樂會很多人都這麼叫的，沈阿姨告訴我BRAVO是意大利語，就是棒極了的意思，你不懂吧？哈哈、哈哈！」

「這意大利語我怎麼會懂？還是我們咪咪行啊！」父女倆笑作了一團，秀娟也笑了，回頭看了青雲一眼，見她也沒有再說什麼掃興的話，心想：「老天爺保佑，這場風波大概過去了。」

九

　　搬進淡水的新居不到一個月，沒來得及收拾好，蕭逸和沈靈達就出發去東南亞和香港演出了，這次回來忙了一個星期，才把個家布置得舒舒服服。此刻蕭逸坐在平臺的藤椅上，望著遼闊的天空，夕陽的餘暉燦爛無比，即時有一種心曠神怡的感覺。廳裡傳來靈達彈奏拉赫曼尼諾夫第二鋼琴協奏曲的琴聲，那如歌般的旋律悠揚婉轉，一時猶如細細傾訴，一時又似委婉撫慰，蕭逸近日不安的心緒舒緩多了。

　　靈達端著一壺綠茶出來，倒了一杯遞給他，自己也坐了下來，品嘗著香茶，享受著黃昏的安寧。天際那一覽無遺的晚霞，粉紅、鵝黃糅合著淡紫，像一幅美麗的油畫，轉眼間又漸漸融化了，不知不覺中，藍天已掛滿了片片羽毛般的白雲，一片璀璨竟神奇地化為純淨。

　　蕭逸感嘆：「大自然多麼奇妙，分分秒秒變幻無窮。」

　　「太美了！這是造物主的傑作啊！」靈達站起來靠著欄杆，欣賞著開闊的海景。過了一會兒轉身笑著說：「這裡的景觀真好，屋子也寬敞多了。談，什麼時候咱們把青雲一家請來玩玩吧，我還蠻喜歡咪咪的，挺靈巧可愛的孩子。」

　　蕭逸沒有作答，站起來慢慢轉了一圈，「她不會來的。」他走向欄杆，望著暮色中綿延的群山，「你看，這山巒一層又一層，重重疊疊，真是數不清，理更亂。」

　　「不過，要是有一個機會講清楚，消除誤會，解開心結，不是也很好嗎？」

　　「心結不是我們彼此結下的，所幸的是我們都已經離開了

那片傷心地。」

　　「可是作為一個女人，將心比心，我覺得青雲的確也很可憐，她畢竟曾經一心一意地愛過你，看得出來並不是她要離開你的。」

　　蕭逸走近她，用右臂摟住了她的肩膀，「謝謝你，靈達。」

　　「我也曾經想弄清楚，為什麼她一直沒有回我的信，她這個人很簡單、很善良，不會那麼絕情。」稍停頓了一會兒：「其實在香港，我碰見過她。」

　　「是嗎？！那你為什麼沒有當面問問她？」

　　「我去琴行買譜子，看見她抱著個三歲左右的孩子也在看譜子，當時我真有一種衝動，想叫住她。可是見她穿得很時髦，看樣子生活過得不錯，而我剛從姑媽家搬出來，在香港仔的一個唐樓裡租了一間劏房……」

　　「那有什麼關係？我想她該不是那種勢利的人吧。」

　　「那倒是，不過那陣子我的處境不大好，心情也不好。」

　　「為什麼？」

　　「姑媽對我是不錯的，可是姑父老是教訓我，要我放棄藝術，跟他學做生意，這不等於要我放棄生命？」

　　「那你不用管他麼。」

　　「我是避免跟他衝突，可是有一次他竟然說什麼：『別學你爸爸那樣死心眼，實業救國？哼！國沒救成，自己倒進了勞改所。』我實在受不了了，就搬了出來。」

　　其實那天在琴行，蕭逸還看到有位先生走到青雲身旁，笑著說：「咪咪還那麼小，急什麼買琴譜啊？」

　　「你不懂，四歲就該學琴了。」

　　他笑嘻嘻地：「好、好、好，我外行，你買吧。」說完把孩子抱了過去，讓青雲好挑選樂譜。

　　看著這一家三口還挺和睦的，心愛的人已經有了歸宿，他不知是喜是悲，擋不住過往的一切，又呈現在腦海，真是五味雜陳。算了吧，愛情就是這樣脆弱，哪經得起時代巨浪的戲弄？她媽媽不是早就警告過我了嗎？目前自己還前路茫茫，根本無法給別人帶來幸福，別胡思亂想了，愛情對於我是奢侈品，生存、事業才是至關重要的。這樣想著，他拿起一本譜子往收銀臺走去，付了錢，可禁不住回頭又望了青雲一眼，見她也正向收銀臺走來，蕭逸強壓住內心的酸楚，立即果斷地掉頭而去。

　　蕭逸見靈達仍默默地注視著他，似乎在等待什麼，便接著說：「時過境遷，她已經有自己的家庭，我不想打亂她的生活，趁她還沒有發現我，轉身走出了琴行。」

　　「唉！擦肩而過，不知怎麼的，你們這段情，讓我想起了陸游的《釵頭鳳》，你說像不像？」

　　蕭逸：「不太像。」

　　「也是她媽媽千方百計地拆散了你們。」

　　蕭逸慢慢地搖搖頭：「不是她。五六年間，全國連續經歷了幾次可怕的政治運動，許多人都成了驚弓之鳥，張阿姨也難免如此。」

　　靈達為之感動了，「你諒解了她？」

　　「算了，事到如今，這一切已是past tense，追尋答案也沒有什麼意義。」

　　蕭逸走到陽台邊，扶著欄杆，放眼眺望遠處，背對著靈達沉靜地說：「假如沒有陸游和他表妹在沈園的重逢，可能就不

會勾起他們內心的傷痛。」

靈達感嘆地：「那就不會有《釵頭鳳》這首詩詞了。」

「或許正是這首詞為這段舊情劃上了一個句號。」

靈達默默地點了點頭，但心裡想：「那你能不能劃上句號呢？」

蕭逸靠著陽臺，舉起雙臂伸了伸懶腰，舒展地從深處呼出一口氣，彎腰拿起澆花的小水桶，給幾盆蘭花澆了些水。忽然，一顆閃爍的流星迅捷劃破長空，蕭逸擡頭仰望，走向前去，像要追蹤流星的去處……瞬息間，什麼也看不見了，海天一色的夜空，又凝聚一片寧靜。他靜靜地在藤椅上坐了下來，頭靠在交叉的雙手上，自言自語似的：「從她的人生中徹底隱退，像這流星一樣，讓她的生活恢復平靜，大概是我唯一能為她做的。」靈達沒有出聲，似乎也陷入了沉思，稍頃，緩慢地吐出了兩個字：「I see.」。

一陣涼爽的海風吹過，送來了蘭花的幽香，似有若無，清淡的香氣飄忽不定，沁入心扉卻有甜絲絲的感覺，舒暢之餘，似乎化開了靈達心頭的愁霧，她不禁低頭深深地聞了一下花香。身後的蕭逸在輕輕地嘆息，緩慢地低語：「以前在上海時，我們一家也喜歡在庭院裡，坐在藤椅上乘涼喝茶，如果現在爸爸媽媽也能在這裡，跟我們一起享受這黃昏的寧靜多麼好……」

跟青雲的重逢，不可避免會把他帶回到舊日的陰霾裡，靈達走到他的身後，溫柔地用雙手搭在他的肩膀上，彎腰低頭在他耳邊細語：「你看這天有多麼廣闊，爸爸媽媽就在那裡，在神的身旁，呼吸著自由的空氣，享受著永恆的寧靜。」蕭逸微微點點頭，用手輕輕撫摸了一下靈達的臉頰，雖然他不能像虔

誠的她那樣，篤信神的存在，但他懂得她的心意，他又何嘗不
希望剛才她所說的是真實的情景。

　　落日沉入山谷，點點繁星托著一彎新月出現在山巒間。
時空的變遷永遠不會滯留在某一刻，哪怕最重大的時刻，似
乎有誰扭轉了乾坤；或者最慘痛的時刻，好像一切都被摧毀
了，然而所有這些，都將成為過去，前面到來的永遠是嶄新
的另一天。

224 原來
如此

國家圖書館出版品預行編目

原來如此 / 若智著. -- 臺北市：獵海人，
    2019.08
    面；　公分
    ISBN 978-986-97963-1-6(平裝)

885.34   108012113

原來如此

作　　者／若　智
出版策劃／獵海人
製作銷售／秀威資訊科技股份有限公司
　　　　　114 台北市內湖區瑞光路76巷69號2樓
　　　　　電話：+886-2-2796-3638
　　　　　傳真：+886-2-2796-1377
網路訂購／秀威書店：https://store.showwe.tw
　　　　　博客來網路書店：http://www.books.com.tw
　　　　　三民網路書店：http://www.m.sanmin.com.tw
　　　　　金石堂網路書店：http://www.kingstone.com.tw
　　　　　讀冊生活：http://www.taaze.tw

出版日期／2019年8月
定　　價／320元